O PESCADOR DE PÉROLAS

Hermínio Back

Alta Life
Books

O Pescador de Pérolas
Copyright © 2004 da Editora Alta Books Ltda.

Todos os direitos reservados e protegidos pela Lei 5988 de 14/12/73. Nenhuma parte deste livro, sem autorização prévia por escrito da editora, poderá ser reproduzida ou transmitida sejam quais forem os meios empregados: eletrônico, mecânico, fotográfico, gravação ou quaisquer outros.

Erratas e atualizações: Sempre nos esforçamos para entregar a você, leitor, um livro livre de erros; porém, nem sempre isso é conseguido. Sendo assim, criamos em nosso site, www.altabooks.com.br, a seção Erratas, onde relataremos, com a devida correção, qualquer erro encontrado em nossos livros.

Avisos e Renúncia de Direitos: Este livro é vendido como está, sem garantia de qualquer tipo, seja expressa ou implícita.

Marcas Registradas: Todos os termos mencionados e reconhecidos como Marca Registrada e/ou comercial são de responsabilidade de seus proprietários. A Editora informa não estar associada a nenhum produto e/ou fornecedor apresentado no livro. No decorrer da obra, imagens, nomes de produtos e fabricantes podem ter sido utilizados, e desde já a Editora informa que o uso é apenas ilustrativo e/ou educativo, não visando ao lucro, favorecimento ou desmerecimento do produto/fabricante.

Produção Editorial Editora Alta Books
Revisão e Preparação: Julliane Silveira
Diagramação: Fernanda Silveira
Consultoria Editorial: Bookimage Projs. Editorias
(www.bookimage.com.br)

Impresso no Brasil
O código de propriedade intelectual de 1º de Julho de 1992 proíbe expressamente o uso coletivo sem autorização dos detentores do direito autoral da obra, bem como a cópia ilegal do original. Esta prática generalizada nos estabelecimentos de ensino, provoca uma brutal baixa nas vendas dos livros a ponto de impossibilitar os autores de criarem novas obras.

Alta Life
Books

Av. Nilo Peçanha, 155, cjs. 1101 a 1106 - Castelo Rio de
Janeiro – RJ CEP: 20020-100
Tel: 21 2532-6556/ Fax: 2215-0225
www.altabooks.com.br
e-mail: altabooks@altabooks.com.br

Dedicatória

Para Eurico e Ruth

Sobre o autor

Formado em Direito e Comunicação Social, Hermínio Back exerceu ao longo de sua vida as profissões de advogado, jornalista e professor. Atualmente, trabalha como Procurador do Estado do Paraná. Sua verdadeira paixão, entretanto, é a literatura, relação de amor que já gerou quatro romances, um livro de poesias, muitos contos, crônicas e peças de teatro.

O autor nasceu em 1962 na mesma Curitiba em que ambientou sua história *O Pescador de Pérolas*. Com essa obra, o autor estréia no gênero do romance policial, oferecendo ao leitor dois personagens que darão muito o que falar: o infalível Delegado Cavalim e seu companheiro Merluza, um investigador de polícia que traz consigo os vícios do cargo e que, em absoluto, não é tão isento de erros assim.

Sumário

Apenas um coração solitário...........................07
Precisamos de outra vítima............................21
Incrivelmente aprisionado ao próprio método....35
O bêbado adormecido......................................51
A fera que foge...69
Sorria amarelo como se a morte assim lhe ordenasse..89
Ele mesmo exorciza seus fantasmas...................111

Terça-feira

🐉 Apenas um coração solitário

Acredito no mal. Não na existência de uma entidade maligna que, por toda a eternidade, se empenha na batalha de seduzir a humanidade para os seus caminhos. Acredito no mal que está dentro de todo ser humano. E, do modo como vejo as coisas, o mal é uma criação de Deus. É o preço que os homens pagam pelo livre arbítrio. Sem o mal, não haveria a liberdade de escolha. Como decidiríamos entre o certo e o errado? A devoção e o pecado?

Lamento as pessoas que crêem no destino. Vivem atadas às cordas do mestre das marionetes. Lastimam sua situação, sua miséria, mas se conformam. Afinal, é destino, estava escrito. Gosto de pensar que sou dono do meu destino. Hoje, triste sombra, as decisões que tomo dizem respeito à cor das minhas meias ou comer arroz doce com ou sem canela. Mesmo assim, aprecio tomar decisões e acredito em homens que, conscientemente, optam pelo mal.

Talvez por isso escrevo essas memórias. Para tomar decisões. Nesse pequeno escritório do Capanema (perdoem-me, não consigo chamar de Jardim Botânico), absolutamente só em meu tugúrio de septuagenário, decido como contarei as incríveis histórias que vivi. Ou melhor, que Cavalim me permitiu viver. Na verdade, o correto seria dizer que escrevo as memórias de seus feitos... Entretanto, ao menos me restou o poder de tomar algumas decisões. Cavalim está morto há cinco anos e contarei tudo do meu ponto de vista. Portanto, são as minhas memórias.

Minha vida começou aos quarenta anos. Não,

não acredito nessa falácia da sociedade de consumo afirmando que a vida começa aos quarenta. Começamos a perder o viço aos quarenta, perdemos a energia e a determinação aos quarenta; perdemos a saúde da próstata e, se ainda não somos ricos, a esperança torna-se remota de um dia virmos a ser. Ainda assim, foi por volta dos meus quarenta anos que Cavalim entrou em minha vida. Isso aconteceu há muito tempo, antes do DVD, antes do celular, antes da Internet, antes da Nova República e mesmo antes da AIDS ser notícia no mundo. Naquela época, Dadá ainda pairava no ar feito beija-flor e os goleiros, atônitos, sequer esboçavam um movimento para impedir que a bola beijasse as redes. Tim chegava para dirigir o melhor Coritiba que já se viu. O primeiro indigente instalara-se no recém-inaugurado viaduto do Capanema. Nelson Rodrigues era colunista da Gazeta do Povo. E pelas ruas rodavam *variants* do ano. Esse era o tempo.

Até então, tinha sido um investigador comum: um sucesso eventual, uma propina, um soco a mais num interrogatório. Escondia-me o mais possível nos recursos oferecidos pela burocracia. Evitava ao máximo expor-me a riscos. Cavalim mudou tudo quando assumiu como delegado no setor de homicídios. Gostou de mim desde o início e não conseguia compreender o motivo. Afinal, minha ficha na Secretaria de Segurança era o espelho da minha mediocridade: um sucesso eventual, uma propina, um soco a mais num interrogatório. Anos depois, confidenciou-me: Tenho olhos, Merluza. Vejo um homem por inteiro assim que o conheço. Reconheço o valor cintilando em sua alma, ainda que o brilho seja equivalente a um vaga-lume enterrado nas minas de Criciúma.

A princípio, acreditei que precisava de um

homem solteiro e experiente para fazer o serviço sujo. Ele teria, quando muito, 30 anos, era casado, tinha já três filhos e dedicava-se à família tanto quanto ao trabalho.

— Vai trabalhar como nunca, Merluza! — afirmou.

Eu poderia usar os artifícios da burocracia. Pedir transferência para outra especializada, como fizera em diferentes ocasiões, quando o convívio com delegados me aborrecia. Impossível precisar por que, mas com Cavalim foi diferente. Talvez tenha soado em meu cérebro uma trombeta celeste, anunciando que era tempo de viver, de despir o terno da mediocridade. O mais provável é que Cavalim tenha usado comigo seus métodos de persuasão inevitavelmente eficientes. Tais métodos sempre variavam, mas tinham um ponto comum: em algum momento envolviam um balanço mareado de olhos negros.

De fato, uma semana depois de ter assumido, Cavalim já tinha em mim seu fiel escudeiro. E mais: um escudeiro feliz. Logo eu que, um dia antes, apostara com Charuto e com Pepê:

— Mais uma bichona de sovaco ilustrado. Tocamos daqui em dois meses.

Dois meses depois, quando Cavalim me chamou na tarde daquela terça-feira, olhei o envelope branco tamanho ofício, depositado em sua escrivaninha com o mais absoluto descaso. Julguei que se tratasse do instrumental de que se serve a burocracia para comunicar nada de útil. Em momento algum suspeitei que, naquele envelope, começava o enfrentamento com o mal e com o homem que optara pelo maligno.

Para José Luiz Cavalim
Delegado de Polícia – Homicídios
Rua Barão do Rio Branco, 399 – Curitiba – PR

— Algo chama sua atenção?
— Estão respondendo à sua requisição de filmes fotográficos – respondi.
— Não tem remetente. O pessoal do Departamento Administrativo gosta de negar meus pedidos usando a pretensa empáfia de seus cargos. Diretor disso e daquilo...
— É.
Penso que Cavalim julgou extremamente tola aquela observação monossilábica. Tirou de uma gaveta luvas cirúrgicas e as vestiu. Abriu o envelope que já havia violado e revelou seu conteúdo. Uma fita cassete comum e a foto 3x4 de uma menina. Nada mais.
— Hum... – Foi tudo que me escapou, pois aquilo não significava nada para mim.
— A foto não lhe diz nada?
Tentei prestar atenção. Era uma menina morena, talvez com doze anos, sobrancelhas grossas, fitando a lente com seriedade.
— Como poderia, chefia? Não conheço a moça...
— Conhece.
— Quê?
— Ao menos conhece seu corpo.
Cavalim atirou sobre a mesa as fotos tiradas na ocorrência do dia anterior, exatamente cinco. Os investigadores julgavam que havia alguma ciência nessas medidas. Corpo como encontrado no local, foto em plano geral, corpo de frente, corpo de costas e *close* do rosto. Colocou-as ao lado da foto 3x4. Os cadáveres de assassinados jamais possuem beleza.

Olhos baços e cansados, palidez e ressecamento da pele alterando um pouco os traços, além de cabelos desgrenhados. Um calafrio percorreu minha espinha. Comparei as fotos. Havia o grotesco contraste entre vida e morte, um rosto belo e outro exangue, mas não restavam dúvidas.
—Caramba! É a menina de ontem!
—Sim. Precisa ser mais observador, Merluza.
—O que isso significa?
Cavalim sabia que eu estava estupefato, mas gostava de manter o suspense.
—Selma!
—Senhor? – atendeu tão rápido que suspeitei que estivesse escutando atrás da porta.
—Traga o meu toca-fitas, por favor.
—Tem o da DP na minha mesa.
—O meu, Selma. No carro – insistiu entregando-lhe as chaves.
A secretária torceu a boca em desagrado. Apanhou pesadamente as chaves, saiu arrastando os pés e murmurando algo como "sempre os aparelhinhos dele". Selma era mulher amarga e de palavras ácidas, tão ácidas que vivia se queixando das aftas que trazia na boca. Cavalim estava acostumado ao seu mau humor e nem se importou. Antes parecia divertir-se com seu proverbial azedume.
—Ela também é solteira, Merluza. Será que não dá jogo? – perguntou com malícia.
—Deus me livre! Se tivesse essa vocação trabalharia no Butantã.
—Compreendo que você esteja surpreso – disse mudando repentinamente de assunto. —Esse envelope também é um mistério para mim. Recebi-o hoje pela manhã. Você pode bem imaginar o quanto estimulou minha imaginação.
Cavalim tinha o vício de casos complicados.

Desprezava ocorrências simples, cuja solução não exigia mais que o interrogatório dos envolvidos. Histórias rotas, sempre iguais. Fulano encheu o caneco num boteco e abriu a barriga de beltrano à força de punhal. "Bebida, doutor. Cabeça fraca, o doutor sabe como é". Casos assim Cavalim entregava ao delegado adjunto, Farias, que interrogava as pessoas com o escrivão a assessorá-lo. "Sei nada, vagabundo. Vê como fala comigo que não sou da sua laia. Dá um esfregão na orelha desse sem-vergonha, Pepê, para que ele cante com mais respeito". Os casos complicados poderiam absorver Cavalim por semanas. Dominavam-no como uma droga que o entorpecesse da realidade em redor. Negligenciava todas suas demais atividades e dedicava-se inteiramente a eles. É evidente que Farias não se agradava disso, mas engolia. Não que fosse subalterno, mas porque, como todos demais, Cavalim inspirava-lhe respeito e temor.

—Só preciso do Merluza – dizia. – Todo o resto é para você, Farias.

Casos complicados costumavam dar manchetes em jornal. O secretário, como bom político, não perdia tais oportunidades. E Cavalim dividia os créditos com Farias, embora este continuasse apenas a interrogar os ébrios violentos. Tinha dessas diplomacias.

— Aqui está, doutor.

— Obrigado Selma.

Ela permaneceu em pé diante dele, seu corpo baixo e atarracado fingindo distração num pequeno embalar de pernas. Era por demais evidente que estava curiosa por ouvir o que havia na fita cassete.

—Obrigado, Selma – insistiu Cavalim.

"Somos sempre descartadas nos momentos interessantes", praguejou ela baixinho, retirando-se.

—Aí está, Merluza. A menina foi encontrada ontem em um terreno baldio do Boa Vista e hoje recebo esse envelope. O carimbo do correio é de dois dias atrás, véspera ou dia do crime, ainda não sabemos.
— É do jeito que você gosta.
— Bem mais que isso. Bem mais – falou pensativo. Vamos ouvir a fita?
Play. Um violoncelo invadiu o gabinete em contraponto ao canto angustiado de um homem. Não saberia classificar sua voz, mas diria que era um tenor em falsete. Havia dor em cada palavra, melodia marcante, apaixonada. Onde ouvira aquela música antes? Jamais gostei de música clássica. Penso que sou grosseiro o suficiente para desprezar todos os clássicos. Mas aquela melodia tocou algo oculto em minha alma, trouxe reminiscências de infância, aromas quase esquecidos, sabendo a batata salsa, a quirera... E a visão embaçada de uma vitrolinha no canto da sala. A música encerrou-se abaixando lentamente o volume. Alguns segundos de silêncio e ouviu-se outro tema clássico, absolutamente diferente, onde predominava o piano. Após os primeiros acordes, 15 segundos talvez, a música encerrou-se abruptamente. Minutos & milênios Cavalim permaneceu absorto, encerrado no labirinto de sua mente que pensava, a fita rodando em imaculado silêncio. Permaneci em um suspense de alma afogada, aguardando que alguma voz gritasse "surpresa!" ou coisa parecida.
—É só – observei.
Cavalim imobilizou-se estátua reflexiva. Pensei em chutar sua cadeira para arrancá-lo dos seus pensamentos. Mesmo na extrema agonia em que me encontrava, o respeito que lhe votava impediu-me qualquer movimento.

—E não é pouco – disse ele por fim.
—Então? – estava quase suplicando.
Ele desceu o punho cerrado em sua escrivaninha. Um só golpe, vigoroso o bastante para fazer Selma assomar à porta. O olhar com que Cavalim a fulminou foi suficiente para que se retirasse de imediato, desta vez sem quaisquer resmungos. Essas explosões não eram de todo raras nele. Indicavam que estava furioso consigo mesmo por algum erro que julgava ter cometido ou com alguém que não cumprira direito qualquer ordem sua.
—E eu deixei o Farias cobrir o caso...
—Isso é tão mau?
—Mau? Ele não tem método. Você esteve lá, Merluza. O que ele trouxe?
—Nada.
—Oh, Deus...
—Temos as roupas da vítima. Não havia nada lá, chefia.
—Havia. Sempre há. Mas a primeira abordagem é crucial. Quantos tiros?
—Três, peito e barriga. 32.
—Queima-roupa?
—Sim.
—Quanto sangue?
—Pouco. O terreno baldio foi só desova.
—Nenhum sinal de violência sexual – foi categórico.
—É verdade. Como sabia?
—Crime sexual não combina com tiros no peito, mas com estrangulamento. Não há desova. O local do crime é onde se encontra a vítima.

Estava certo. Meus anos de experiência confirmavam o que ele dizia. Ainda assim, surpreendeu-me a rapidez com que assimilou os dados e enunciou aquele postulado de investigação criminal.

—Embora seja tarde, voltarei ao local do crime.
—Espera encontrar algo?
—Sinceramente, não. Mas o método exige. Você vai passar uma atribuição para o Charuto.
—Charuto? O Farias vai se arrepiar...
—Que importa o Farias? Fará o que eu disser. A tarefa é muito estúpida para que eu desperdice sua energia nela.

Há poucas vantagens em ser septuagenário. Uma delas é oferecer suas memórias à leitura e esperar condescendência. Outra é confessar impunemente os pecados do passado. Ao ouvir aquela observação de Cavalim, inflei como um colegial elogiado pelo professor. Não me recordo com segurança, mas creio que concordei mentalmente com ele. "É. O Charuto é mesmo estúpido". Pouco depois, Cavalim explicou o que Charuto deveria fazer: dar um pulo na DOPS e trazer a listagem de todas as armas de calibre 32 registradas em Curitiba. Achei aquilo uma inutilidade, mas não falei nada, com medo que meu apelido dali em diante passasse a ser cigarro ou guimba.

—E eu?
—Já identificaram a menina?
—Já. Marisa Castelo qualquer coisa.
—Você vai descobrir tudo sobre a menina. Onde estudava, onde morava, as amizades que tinha. Tudo que achar importante. Providencie um interrogatório com os pais dela para amanhã.
—Certo. Só que, chefia, você precisa me situar melhor no caso. Preciso ter noção daquilo com que estamos lidando.
—Vamos lá – disse paciente. – Por que acha que recebi o envelope?
—Sei lá. Uma denúncia anônima.

—É por isso que lhe deram nome de peixe. Pense antes de falar, Merluza. Como alguém faria uma denúncia anônima um ou dois dias antes do crime?
—A pessoa imaginou que o crime poderia ocorrer.
—Sim. E arrumou uma foto 3x4 da vítima que fez acompanhar com música clássica para aumentar o suspense.
—Tá, tá. Desculpe. Para uma denúncia anônima bastaria telefonar.
—Bravo, Merluza. Então, por quê?
—Sim. Por quê? – Sempre tive esse pobre hábito de devolver perguntas às perguntas que não sabia responder.
—E o que me diz das músicas? – provocou Cavalim.
—Só sei que a primeira já ouvi algumas vezes na infância.
—*O pescador de pérolas*. Bizet. É o tema dele.
—Dele quem? Bizet?
Cavalim riu. Tinha uma gargalhada gostosa em três tempos.
– A segunda é *Apenas um coração solitário* de Tchaikovski.

Mesmo naqueles primórdios já confiava na capacidade de raciocínio do meu companheiro, o que não impediu que duvidasse de afirmações tão categóricas. Sabia que ele ouvia e dominava muito o que chamava "boa música", uma mistura inaceitável para mim, que se iniciava com os clássicos, passeava por músicas folclóricas de vários países, incluía músicas rituais indígenas, avançava em blues e jazz até atingir os Beatles e, até mesmo, aquilo que chamava de autêntico sertanejo brasileiro. Mas ouvir dois temas rapidamente, no clima tenso em que estávamos

mergulhados e definir na lata: Bizet – Tchaikovski...
—Não duvide. É exatamente como disse – o bruxo lia meus pensamentos.
—E quem lhe mandou a fita?
—A única pessoa que poderia saber que o crime aconteceria. O assassino.
—O assassino? Nenhum assassino agiria assim.
—Não se trata de um assassino qualquer.
—Explique, chefia – eu quase suplicava.
—Pense, Merluza. É óbvio que foi o próprio assassino que me enviou o envelope. Isso implica dizer que enfrentamos uma pessoa calculista, que planeja todos seus passos. Afaste de imediato todos esses idiotas que agem movidos pela arrebatação de uma paixão momentânea. É um homem frio, determinadoe não um assassino comum. De regra, um assassino faz de tudo para não ser descoberto, evita entregar à polícia a mais remota possibilidade de uma pista. Esse homem enviou-me deliberadamente o envelope e entregou-me pistas relevantes de mão beijada.
—É um maluco – disse rindo.
—Bravo, Merluza – aprovou Cavalim. Um determinado tipo de maluco. Alguém que tem um objetivo claro na mente e que desencadeou seu plano de ação. Alguém absolutamente alheio ao sofrimento de inocentes. Alguém que busca reconhecimento do que faz, assina o crime como quem termina uma obra de arte. Ao mesmo tempo, uma pessoa que sofre a contradição encerrada em sua insanidade. Padece terrivelmente nos momentos em que toma consciência humana dos seus atos. Isso pode conduzi-lo a atitudes contraditórias e nos remete novamente ao envelope. Ele quer reconhecimento, mas ao mesmo tempo deseja que eu o detenha, que o impeça de co-

meter outros crimes. Por isso enviou ao delegado da Homicídios. Esse maluco, Merluza, é um psicopata.
—Um psicopata! — A simples pronúncia da palavra causava-me calafrios. Não queria acreditar.
— Isso não existe em Curitiba.
—Oh, existe. A cidade está cheia deles. As músicas que escolheu são uma mensagem a ser decifrada. É apenas uma teoria, mas penso que a primeira música é a sua assinatura. Dedicou muito tempo a ela. Está exaltando a sua figura.
—*O pescador de pérolas*?
—Exato.
—Será que tem algo a ver com o que o cara está cantando?
—Merluza... – olhou-me debochado. — Você não tem a mais vaga idéia do que está falando, não é mesmo?
—É isso aí, chefia – confessei. — Foi só um chute.
—Esta é uma ópera de Bizet que trata da vida de pescadores no Ceilão. Pescadores de pérolas. Algo arriscado. A história, em resumo, é a seguinte: há uma virgem que deve permanecer imaculada sobre um rochedo escarpado à beira-mar. Sua presença apaziguará maus espíritos e afastará tempestades, protegendo os pescadores de pérolas em seu perigoso trabalho. Acontece que essa virgem, Leila, trazida do Oriente, conheceu no passado Nadir, um dos pescadores. Ambos apaixonaram-se. Neste canto que você ouviu, Nadir sofre por vê-la inatingível, dedicada aos deuses.
—Por isso canta como se estivesse sendo torturado.
—Realmente. Mas por aí você vê que o tema provavelmente não se relaciona ao caso.
—Tem razão.

—É possível que a relação esteja no nome da música...
—Isso não me diz nada.
—Nem a mim, ainda. A segunda música pode significar coisas diversas. Ainda não estou certo. Espero conversar com a Dra. Schiller o quanto antes.
—Dra. Schiller? E quem é ela? A chefe da Gestapo?
Cavalim tinha a virtude de divertir-se com facilidade, algo que o humanizava. Explodiu novamente na sua risada em três tempos.
—É curioso que você tenha dito isso sem conhecê-la. Julgue você mesmo quando a vir. Mas não, não. Ela é uma psiquiatra, uma pessoa brilhante. Penso que, como a mim, o desafio dessa personalidade transtornada pode ser estimulante para ela.
Eu me sentia cansado. A consciência do que estávamos enfrentando gerava um temor paralisante. Cavalim, ao contrário, era pura energia.
—Há mais uma coisa. Prestou atenção na foto 3x4?
—Sim. Atentamente.
—Atentamente? Refiro-me à parte de trás. – Cavalim mostrou a foto segurando-a com uma pinça. – Vê? Há um pequenino pedaço de papel grudado nela...
—Tem razão. Não tinha observado.
—O sujeito certamente me subestima...
—Por que diz isso?
—Explico depois. Vamos, Merluza – disse enérgico. – Temos muito que fazer. Não quero assustá-lo, mas precisamos nos adiantar ao homem.
—Adiantar?
—Isso é uma espécie de corrida. Temos que nos apressar. Quanto mais lentos formos, mais vítimas ele fará.

—Caramba! – Precipitei-me apavorado para a porta. Antes de sair, porém, algo me fez olhar momentaneamente para Cavalim. Ele sequer percebeu. Segurava a foto com a pinça e olhava fixamente aquele pedaço de papel grudado em seu verso.

Quarta-feira

Precisamos de outra vítima

Existem lanchonetes que são insalubres só de olhar. Há certa fumaça no ar, densa como se tivessem pendurado centenas de pastéis quentes ao teto para que pingassem gordura. Um desarranjo de mesas e cadeiras, o chão repleto de sujeira como em final de festa de criança. Servem-lhe aperitivos duvidosos, desses que, quando por desajeito atingem o chão, merecem uma inspeção cuidadosa da parte do mais abjeto cão. A cerveja que você pede não tem, mas há aquela outra "tão boa quanto". Ainda assim, você freqüenta com alegria porque ali está a sua tribo.

O Bar da Civil, misto de cantina e boteco, era assim, uma permissão pública nos fundos da Delegacia Antitóxicos, freqüentada por agentes, investigadores e auxiliares administrativos. Delegados eram poucos, mas tinham a regalia de mesa reservada ao canto e uma cerveja gelada de cortesia.

Eu era um dos assíduos freqüentadores. Dizia ao Charuto que, depois do expediente, sempre apareciam algumas meninas da Secretaria e que algumas estagiárias não eram de se jogar fora. A verdade é que, se fosse para casa, seria esmagado pela solidão de jantar na mesa onde só há uma xícara. De qualquer modo, bebendo com os amigos sempre se ouvia uma piada que merecesse riso ou se comprava uma boa discussão. Naquela noite, o assunto cercava nossa investigação. Afinal, sempre fui língua solta.

—Vocês estão sonhando – dizia Silvério, delegado que tinha a merecida fama de ser o maior muquirana do funcionalismo público. – Esse negócio de *serial killer* não existe.
—Foi o que eu disse. Mas o Cavalim já me convenceu do contrário.
—Ah, o Cavalim... Sherlock curitibano...
—Olha, Silvério, investigar é com ele. Todo mundo sabe. Até hoje ele só não conseguiu descobrir uma coisa.
—É verdade? E o que é?
—Como você consegue atravessar um rio a nado sem molhar a farinha.

A gargalhada foi geral, pois todos concordavam que Silvério era um incorrigível mão fechada. Naquela noite mesmo trouxera a garrafa de cerveja de casa, pedindo ao garçom apenas para trocar por uma gelada da mesma marca. Assim, não pagaria conta. Como o Bar da Civil não respeita hierarquia, era compreensível que o delegado ficasse feliz em desviar a atenção da sua pessoa:

—Falando no homem ...

A presença de Cavalim causou-me surpresa, pois ele raramente aparecia. Alguns o julgavam afetado o suficiente para preferir o isolamento. A essa altura, eu sabia que ele queria mesmo dedicar à família todo seu tempo livre. Apesar de distante, de um modo geral Cavalim era estimado, ainda que muitos delegados invejassem seus expressivos resultados. Hoje sei que seus atributos intelectuais tornavam a concorrência desleal. Cavalim cumprimentou o pessoal com naturalidade e fez um salamaleque a Silvério que o levou a corar de vaidade.

—Preciso roubar o Merluza de vocês – anunciou.

Os colegas protestaram, "não era hora de tra-

balho", "ainda é cedo", coisa e tal.
—Vão atrás do *serial killer*? – havia cinismo no tom de voz de Silvério.
—Bem que dizem que o peixe morre pela boca – disse Cavalim rindo e afastando-se. Pouco depois, seu tom de voz endureceu. – Mas deveria ser pelo anzol e não pelas palavras que cospe por aí.
—Ô chefia, algum problema em conversar sobre o caso?
—Claro. O caso é meu e seu. Quanto menos pessoas souberem dele, melhor. Sobretudo Silvério e companhia. Nós dois, sim, temos de conversar. Mas antes, o Alemão está por aí?
—Vou chamar. Só que você sabe. Está de fogo.
—Não importa. O alemão ébrio vale mais que três peritos sóbrios.

Voltei com o tipo do sujeito que personifica os bêbados dos *cartoons*. Rosto vermelho e vincado pelo álcool. Cabelo loiro encaracolado evidentemente sujo. A julgar pelo andar de perneta em tombadilho e pelo ar apatetado, o Alemão não estava em condições de trabalhar. Mas Cavalim conhecia sua capacidade de recuperação:

—Passe de manhã no meu escritório. Tenho um serviço para você.

Acompanhei Cavalim até o estacionamento. Ele me fez embarcar:

—Vamos tomar um café lá em casa. Quero saber o que você descobriu.
—Está certo, chefia, mas tenho compromisso mais tarde. E vou lhe contar, não descobri nada de importante.
—Isso é o que veremos – disse pensativo. Está na hora de você aprender a ver além das aparências. Se tivesse de definir seus companheiros de me-

sa em duas palavras, quais usaria?
A pergunta inesperada, *a la Cavalim*, pegou-me de surpresa. Tive uma recaída no pobre hábito de responder perguntando:
—O pessoal do Bar da Civil?
—Sim.
—Bem, deixe ver...
—Comece pelo Silvério.
—Sovina e pão duro – não hesitei.
—Hum... E o Charuto?
—Lento e limitado.
—Nossa! – ironizou. Que agulhada!
—Ah, que nada. O Charuto sabe o que penso dele.
—E o Alemão?
—O Alemão é um bêbado.
—Está vendo?
—Vendo o quê?
—Acaba de exemplificar magistralmente o que digo. Você precisa ver além das aparências, descobrir a matéria de que cada um é feito, o espírito que os move. Você, como a maioria das pessoas, apegou-se à primeira impressão, à exterioridade eloqüente, mas sem conteúdo. Não basta dizer que o Silvério é sovina e pão-duro, até porque você desperdiça uma palavra nessa redundância. O que você viu é apenas a caricatura do Silvério.
—Vai dizer que o Alemão não é um bêbado? – protestei.
—Claro que é. Assim como o Silvério é sovina. Mas insisto: você está na caricatura. As pessoas são mais do que a visão caricata que temos delas. Você não percebe, mas o Silvério é antes de tudo um homem determinado, perigoso e impiedoso.
—Só? – debochei.
—Ambicioso. Mas, é claro, todo sovina é am-

bicioso. E não deboche. Espero jamais provar o que disse, embora saiba que estou certo. O Alemão, por sua vez, é muito mais que um bêbado. É um gênio em sua especialidade e uma pessoa extremamente sensível.

—Oh, que beleza. Talvez beba cachaça no gargalo porque imagina estar fazendo um solo de fagote. E o Charuto?

—Vou dar chance de você descobrir. Com o tempo.

A casa de Cavalim era agradável aos olhos. O pequeno quintal fronteiro, valorizado pelo estilo americano de muros ausentes, tinha o dom de iludir suas pequenas dimensões por meio de engenhosa distribuição de arbustos e canteiros. A fachada austera de tijolos à vista combinava encantadoramente com a floreira de gerânios à janela. O espaço interior dividia-se em dois países de fronteiras invisíveis. A terra de Esther era organizada e limpa, imposição das obrigações da mãe de três crianças. Embora as fronteiras não fossem previamente determinadas, Esther procurava impor a Cavalim os limites do seu escritório. Ele, por sua vez, desmentia em casa seus critérios e métodos. O escritório era uma incrível balbúrdia de livros, anotações, produtos químicos e instrumentos equívocos. As estantes apresentavam diversos equipamentos e, por mais que me esforçasse, não logrei identificar neles alguma utilidade. Na mesa, havia uma lupa ao lado do que reconheci ser um microscópio deitado descuidadamente. Ao lado, papéis e manuais espalhados. *Que maluquice...* deixei escapar ao contemplar anotações e desenhos bizarros. Sobre uma cadeira ao canto, um saco de areia crivado de balas parecia implorar por ajuda. Por toda parte, até mesmo no chão, havia objetos, ervas e pós que nem me aventurava imaginar o que fossem. Se esses países tão diversos derivavam para uma guerra, não sei. Jamais presenciei qualquer ato que pudesse deflagrar um conflito. Provavelmente o corpo diplomático era de primeira linha. E, sem nenhum exagero, Esther era a única pessoa que, mesmo de maneira esquiva, tinha alguma ascendência sobre o meu companheiro. Ela recebeu-me com a amabilidade de sempre. Tratava-me com familiaridade e carinho. Foi assim desde a primeira vez que a vi, o que era de todo inexplicável. Certamente não poderia merecer a afeição fraternal que me dedicava. Sempre fui um poço de vícios e pequenas iniqüidades, vivi desde a mocidade a miséria de um solteiro relaxado. Ainda assim, mesmo conhecendo minhas fraquezas, tratava-me como a um irmão mais velho.

—Pedro, que bom que está aqui – gostava do meu primeiro nome. – Toma um cafezinho comigo?

Claro, Esther – pensei. Seria capaz de entornar uma cafeteira inteira só para ouvi-la falar e fazer-me sentir parte daquele imóvel simples que chamavam de lar.

—E a famosa trinca? – Cavalim interrompeu meus devaneios.

—Na cama, amor. É tarde.

—Sim, claro. Esther, eu e o Merluza temos muito que conversar.

—Sei, sei. Sujeitinho chato, hein Pedro? Mas um cafezinho nós tomamos primeiro.

Ela sabia retirar-se na hora certa. Acho que tinha noção exata de que Cavalim se equilibrava precariamente entre trabalho e família. Era sua angústia. E, naquela hora, Cavalim precisava trabalhar.

—Desembucha, Merluza – intimou Cavalim quando ficamos a sós.

—Aí que está, chefia. A menina estudava no

Estadual. Suas notas eram excelentes, de nove para cima. Oitava série, 13 anos. Os professores só falaram bem dela. Os amigos também. Interroguei até um cachorro vadio que estava no pátio e ele latiu dizendo que a menina era ótima.

—Muito engraçado. Então a menina não tinha inimigos. Drogas?

—Nem em sonho. A Antitóxicos passou que, lá no Estadual, a droga entra pelos alunos. O pipoqueiro está limpo. E a menina não estava nessa.

—Como ela voltava pra casa?

—De ônibus. Pegava um ônibus até a Vila Hauer.

—Só ou acompanhada?

—Às vezes só, às vezes com amigos. Variava.

—*Variava* é bom, Merluza.

—Ué, fazer o quê? Era assim mesmo.

—E no último dia?

—Pois é. Saiu sozinha. O último amigo que a viu despediu-se dela no portão do colégio. E você, chefia, descobriu algo?

—Como poderia? O Farias bagunçou tudo. Ainda assim, colhi um fio de cabelo.

—Não é da menina?

—Pensa, Merluza! Se fosse da vítima não precisava colhê-lo. É bem mais grosso e escuro.

—Ah...

—Mas isso pode significar nada. Pode ser de um parente ou amigo.

—Ou do assassino – disse com ponta de entusiasmo.

—Eventualmente. É o tipo de evidência que não nos auxilia nesse momento, mas pode ser útil no futuro.

Um ruído metálico e sincronizado interrompeu nossa conversa. Vinha da estante de aparelhos

O Pescador de Pérolas

esquisitos.
—Que raio é isso?
—Psiu! – Cavalim pediu silêncio conduzindo o indicador aos lábios.

Quando o ruído cessou, foi sua vez de chegar-se ao aparelho e produzir alguns golpes ritmados, operando habilmente o mecanismo com a mão.
—É um telégrafo, Merluza.
—Um telégrafo em sua casa? Não tem telefone? Quem, afinal, comunica-se por telégrafo?
—Minha família. Há um aparelho em cada aposento. Todos sabem operar.
—E agora? Quem era?
—A pequena Marta. Acordou e está pedindo um beijo de boa noite.
—Nem brinca, chefia. A Martinha tem 4 anos. Como sabe operar um telégrafo?
—Ora – minimizou. – O Morse é um código muito simples.
—Chefia – não pude conter o riso. – você é muito esquisito.
—E não sou? Ao menos não temos as pessoas gritando pela casa, chamando pelas outras.

Ele saiu rapidamente, deixando-me a balançar a cabeça. Quando retornou, estava novamente focado na investigação.
—Estive na necrópsia.
—E?
—Nada. Apenas a impressão de que a menina foi absolutamente surpreendida pela violência. Nenhum traço evidencia o contrário – calou-se por alguns segundos, para enunciar solenemente como quem profere um postulado.
—Marisa Castelo de Oliveira era uma jovem exemplar.
—E o que isso nos diz?

—Ainda nada. Precisamos que o assassino ataque novamente.

—Quê?

—Precisamos que ele mate, precisamos de outra vítima.

Nunca uma frase de Cavalim me chocou tanto. Eu ainda não o conhecia direito, não entendia como sua cabeça funcionava, se é que algum dia cheguei ao limiar desse mistério. *Precisamos de outra vítima.* Mesmo um espírito pleno em vícios como o meu só conseguiu ler na sentença uma absoluta falta de ética. Ele percebeu meu desconforto e divertiu-se. Ouvi duas vezes sua risada explosiva em três tempos:

—Rá, rá, rá! Não, Merluza, não sou um monstro. Não estou nem um pouco ansioso por examinar outro cadáver de menina. Mas, infelizmente, por mais que abomine o fato, isso vai acontecer de novo. E, pensando apenas do ponto de vista investigativo, é do que precisamos nesse momento.

—Por quê?

—Porque – seu tom de voz mudou, ficou mais enfático – então poderemos fazer associações. Poderemos estabelecer conexões entre as vítimas e determinar o modo como o nosso homem age. Uma segunda vítima é algo terrível, mas vai nos aproximar muito do assassino. Vai nos dar a chance de apanhá-lo.

Trocamos algumas idéias e Cavalim fez algumas recomendações para o dia seguinte. Finalmente, lançou-me um olhar malicioso:

—Certo, está quase na hora de seu compromisso com uma dama.

—Vixe! Como soube, chefia?

—Sua ansiedade é quase palpável. Parece um troglodita lançando olhares famintos ao relógio.

—Estou atrasado. Deixe apenas despedir-me da Esther.

Encontrei-a com olhos fixos na televisão acompanhando o noticiário.

—Por que vocês não prendem essa pilantra? – sua expressão estava severa.

Referia-se à Secretária da Educação. A reportagem tratava de um escândalo que a imprensa divulgava com alarde há alguns dias. Algo em torno de merenda escolar com licitação dirigida, alimentos estragando em depósitos, coisas a que eu não dera atenção porque não entendia direito.

—Não tratamos de crimes contra a Administração Pública, porque estamos na Homicídios – respondeu Cavalim atrás de mim.

—Ela é tão má assim? – perguntei.

—É dessas que estragam o país – retrucou Esther. – Juízo, Pedro.

Quando menino, tive um professor de Português que me deu aulas práticas de economia, fidelidade orçamentária e adequação de receita e despesa. Na verdade, ensinou-me o conhecimento empírico dos mal- assalariados, de como fazer o dinheiro não acabar antes do mês.

Ensinou-me tudo isso sem proferir sequer uma palavra. Não precisava delas, pois ele e o vício do fumo eram uma parábola viva. No início de cada mês, desfilava entre as carteiras tragando pomposamente cigarrilhas descartáveis, uma fineza de alto custo. Avançados dez dias, surgia com cigarros de filtro. Na semana seguinte adotava os cigarros sem filtro. Finalmente, no final do mês, expelia densa fumaça de palheiros elaborados por ele mesmo. O padrão caía, mas a conta permanecia azul.

Transferi esse conhecimento fabuloso para o meu vício, as mulheres. Com os parcos vencimentos de investigador, só me permitia uma noitada por semana. Iniciava sempre com uma acompanhante executiva, motel de primeira linha, hidromassagem, champanhe, pista de dança, o diabo. Na segunda semana, abandonava a primeira linha e a pista de dança. A semana seguinte me impunha o motel mais simples e uma bebida qualquer para desanuviar. E o final do mês via-me resolver o desespero em qualquer lugar que não incluísse despesa: no carro, numa praça, na casa da moça... Tinha uma agenda com o nome das garotas e o preço que cobravam. Hoje, lembrando a decadência evidente que cada semana significava, penso que teria feito melhor à minha saúde se contemplasse o jejum na quarta semana.

A ansiedade identificada por Cavalim dizia respeito ao dia cinco e ao compromisso agendado para aquela noite. Conhecia a prostituta do encontro anterior e achava-a lindíssima com seu jeito desenvolto, 24 anos espalhados em corpo moreno e bem torneado. Em seu profissionalismo, a moça transmitia alegria e me permitia uma enganosa sensação de familiaridade. Naquela noite, desfilava nua à minha frente falando bobagens com graça impune. Costumava ser a senha para que eu deflagrasse nosso embate, mas as emoções daquele dia perturbavam minha cabeça. Por mais que fosse bela, não conseguia dirigir a ela meus pensamentos.

—Você se importa de assistirmos a um pouco de televisão? – perguntei meio encabulado. A certeza de que falharia naquele momento me assustava. E me apavorava a idéia de que ela percebesse.

Ela fez biquinho. Fingia decepção que era um encanto. Deitou-se ao meu lado, encaixou-se em mim e pôs-se a me ver pular, canal em canal, a procura de algo que me inspirasse. O repórter padrão, de terno e gravata, prendeu minha atenção. Não costumava acompanhar muitos noticiários, mas o rapaz pronunciou três palavras que despertaram ecos de interesse no meu cérebro confuso: escândalo da merenda. Aumentei o volume:

—O Governo do Estado cogita da formação de comissão de sindicância para investigar o que já está sendo chamado de escândalo da merenda escolar. A questão começou com a deterioração de toneladas de produtos formulados, destinados à merenda escolar da rede estadual de ensino. O alimento estragado chamou atenção inicialmente para as precárias condições de armazenamento e incompetência no controle do prazo de validade dos produtos. Posteriormente, descobriu-se que o volume de formulados estocados era extraordinariamente superior às necessidades reais da rede estadual de ensino. O deputado Raul Gonçalo encabeça as denúncias.

Corte para entrevista com o deputado, um sujeito indignado berrando no microfone:

—Inúmeras questões, gravíssimas questões estão no ar aguardando respostas da senhora Secretária de Educação. É preciso responder: por que o Governo mudou a dieta alimentar de nossas crianças, passando a constituir a merenda unicamente com formulados? Por que o Governo adquiriu um volume de formulados que ultrapassa em muito a demanda de um ano? A senhora Secretária precisa esclarecer se a Tudo Nutre, empresa que venceu a licitação e fornece todos formulados consumidos nas escolas, pertence ou não ao seu tio.

Corte para a foto da Secretária da Educação. Cabelos curtos com mechas grisalhas, rosto redondo, olheiras profundas e boca grande rasgada em meio rosto.

—Nossa reportagem continua sem conseguir uma entrevista com a Secretária Sandra Pires. Sua assessoria, entretanto, emitiu nota oficial dizendo que tudo será esclarecido em tempo oportuno.

—E a sociedade diz que a vagabunda sou eu — suspirou a prostituta.

—Você não é uma vagabunda — respondi abraçando-a. Desliguei a TV. Meus pensamentos agora estavam tomados pelo desejo finalmente liberado.

— Você é uma pessoa linda, que tem a sublime missão de dar um pouco de prazer a um infeliz como eu.

Nos meus anos de profissão já ouvi muitos relatos de viagens mirabolantes nas asas da droga. A maconha o deixa zen, enquanto a cocaína o arrasta num turbilhão estimulante de sensações contraditórias. O ópio e o LSD o conduzem às visões mais psicodélicas, mirabolantes, isso e aquilo. Nunca fui viciado, mas já me entreguei a algumas experiências. E garanto: nada se compara ao sexo. Ah, abençoados minutos da total impossibilidade de pensamentos, corpo e mente voltados apenas ao prazer. As dificuldades não mais existem. Os piores problemas, quaisquer problemas, se esvanecem.

Pela manhã, a luz baça vazando a cortina me despertou. Esfreguei dois olhos sonolentos. Levei um susto com a televisão ligando sozinha. Provavelmente o controle ficou esquecido na cama e um de nós o acionou sem querer.

—Você é mesmo fissurado em notícias... — despertou preguiçosamente.

Não pude responder. Estava paralisado pelas imagens. Um terreno baldio onde agentes da polícia encobriam um corpo estendido no chão.

O corpo foi encontrado agora pela manhã e já foi identificado. Trata-se da jovem Cláudia Aguiar, 12 anos, aluna do Colégio Estadual Rio Branco. A jovem foi morta com três tiros no peito.

—Preciso ir.

Levantei-me apressado. Corri ao banheiro, lavei o rosto e vesti-me com urgência. Enquanto abria a porta para sair, a prostituta me chamou:

—Ei, cara, eu também te amo, mas preciso viver.

—Ah, desculpe... Como é mesmo o seu nome?

—Neuza.

—Foi mal, Neuza.

Depositei 150 de nem sei qual era a moeda da época na mesinha de cabeceira. Ela mandou-me um beijo com os lábios.

Quinta-feira

Incrivelmente aprisionado ao próprio método

Assistir Cavalim em uma investigação de campo era experiência única. Sentia-me testemunha de um ritual secreto, pleno em minúcias e detalhes. Quando cheguei ao fatídico terreno baldio onde jazia o corpo de outra garota, ele se encontrava sozinho dentro da área de isolamento. Não permitia que ninguém entrasse. Era o sacerdote supremo em seu altar, o senhor dos ritos. A intromissão de qualquer pessoa não iniciada seria sacrílega.

—O cara se acha o máximo – resmungou um tenente da Polícia Militar. Eles haviam sido os primeiros a chegar no local. Já naquela época, a Civil não engolia a Militar e vice-versa. Vez por outra trocavam insultos pela imprensa. De quando em vez trocavam sopapos.

—Talvez porque ele seja o máximo – retruquei. Talvez porque ele saiba investigar e vocês, encarregados somente da repressão, jamais compreenderão isso.

—Se ele sabe investigar, todos os outros delegados da Civil são idiotas. Porque é o único que faz isso.

Bingo. Ponto para o tenente. Um a zero para a PM. Fiquei calado, porque não havia o que responder. Não que os outros delegados fossem mesmo imbecis, pois inteligência é valor absoluto e não parâmetro de comparação. Se fosse, o nível do meu companheiro resultaria certamente em rotulá-los como imbecis. E o desempenho de Cavalim não se limitava à superioridade de suas faculdades mentais: havia disciplina, método e paixão. Lá estava ele em meio ao culto. Metódico, iniciava com o isolamento, estendendo a fita amarelo/preta, fincando estacas se preciso. Em seguida, partia para a inspeção do corpo. Antes de movê-lo, permitia a documentação fotográfica. Sua relação com o corpo beirava a necrolatria, tal o acuro com que examinava.

—Lupa – riu novamente o tenente – Vamos embora, pessoal, antes de terminar o filme americano.

Cavalim pouco se importava com essas manifestações. Quando se mergulha em um poço profundo e escuro de rio, nada se escuta daqueles que gritam nas margens. A inspeção do corpo tomava cerca de trinta minutos. Naquela ocasião, ele colheu material debaixo das unhas da mão direita da vítima, depositando-o cuidadosamente em um recipiente. Partia então para a análise do terreno, em círculos cada vez mais amplos, até atingir os limites do isolamento. Somente depois, permitia que o Instituto Médico Legal recolhesse o corpo. Todos obedeciam a suas ordens sem questionar, ainda que alguns resmungassem contra a demora. Era o respeito, quase temor, que inspirava nas pessoas. Finalmente, depois que todos se retiravam, ainda examinava com cuidado o percurso onde supunha que o corpo tivesse sido conduzido. Apenas então, encerrado o ritual, podíamos conversar.

—Aí está, Merluza. A segunda vítima.

—Não era o que você queria?

—Era do que precisávamos – corrigiu-me um pouco consternado. Mas veio mais rápido do que supunha. A corrida é de alta velocidade. E vamos ter

problemas com o Secretário.
—Por quê?
—Você não viu a imprensa aqui? Estão alvoroçados e vai sobrar pra ele.
—O que você tirou das unhas dela? – Na verdade eu estava me lixando pro Secretário.
—Não tenho certeza, ainda. Preciso passar ao Alemão, com o fio de cabelo que coletei junto à primeira menina.
—Mas parece o quê?
—Pele. E sangue. Acho que essa garota tentou ainda uma última reação. Pode ter arranhado o assassino. Agora, lamento, mas você vai repetir a tarefa de ontem, enquanto eu interrogo o senhor Oliveira.

O papel de coadjuvante nunca me incomodou. Sempre soube que Cavalim era o astro. Afinal, irradiava liderança por todos os poros, autoridade em cada fonema e comandava com a naturalidade dos que nascem reis. De minha parte, aceitava o papel de ordenança com satisfação. Talvez fosse a manifestação dos meus complexos de inferioridade. Ainda assim, recebi aquela incumbência com desgosto. Não estava disposto a repetir os cansativos interrogatórios do dia anterior. O pesar com que recebi a ordem, contudo, não era o início da revolta contra minha situação subalterna. Era apenas preguiça.

No começo da tarde invadi o escritório de Cavalim com energia renovada. No meu entendimento, os depoimentos no Rio Branco acrescentavam à investigação tanto quanto o trabalho no Colégio Estadual. Recebi respostas parecidas às perguntas que fizera na tarde anterior. Cláudia Aguiar era menina exemplar, as melhores notas de classe, isso e aquilo. Como quase todos alunos da rede pública, voltava

O Pescador de Pérolas

para casa de ônibus. Ninguém a vira entrar no ônibus em seu último dia de vida.

Tudo muito aborrecedor, mas tinha concluído a tarefa e estava ansioso pelas novidades que Cavalim poderia compartilhar comigo. Além disso, havia passado na Criminalística e trazia comigo a camiseta da primeira menina. Não era mais que algodão branco manchado de sangue em três furos que lembravam o Cruzeiro do Sul incompleto. Qualquer que fosse a razão, eu queria exibir a camiseta o quanto antes. Julgava que, no mesmo momento em que Cavalim tocasse aquela camiseta, seu poder de dedução produziria imediatamente uma conclusão importantíssima. Tudo isso me levou a abrir sua porta de supetão, agitando a camisa da menina como se fosse um porta-bandeira conduzindo o pavilhão do país da violência.

—Chefia, olha só esse tesouro.

Em toda Homicídios, eu era o único que podia entrar em seu escritório sem qualquer anúncio. Uma das prerrogativas que nosso companheirismo permitia. Naquele dia, o olhar duro com que me recebeu arrefeceu meu entusiasmo. Um movimento inequívoco das suas pupilas conduziu-me a olhar para o lado. Deparei com o espetáculo depressivo de um homem de meia idade exaurindo-se num choro compulsivo. As tentativas de manter-se em pranto silencioso implicavam pequenos roncos da pressão que escapava. Era calvo e absolutamente vermelho, embora mal distinguisse seu rosto afundado nas mãos. Um homem pequeno, quase gordo, usando terno antigo e puído, provavelmente o mesmo do seu casamento, desidratando-se em lágrimas tantas de pura dor. Pode haver algo mais triste?

Ao longo dos meus muitos e miseráveis anos, fui o mestre das gafes. As impropriedades e inconveniências, que inadvertidamente já proferi em minha vida, levaram muitos amigos a dizer que eu morreria pela boca. Alguém simplesmente descarregaria o tambor de sua pistola em mim, porque eu teria dito a palavra errada na hora errada. E morreria sem tomar consciência da gafe última e fatal. Que pessoa seria capaz de chegar ao velório do pai de um grande amigo e, ao cumprimentá-lo, pronunciar um absurdo *tudo bem?*

Que homem seria estúpido o bastante para fazer comentários depreciativos aos quadros de uma exposição, com a óbvia intenção de impressionar uma atraente estranha ao seu lado, só para ouvi-la apresentar-se como a artista que considerava toda aquela merda sua obra-prima? Merluza é a resposta.

—O senhor Oliveira, Merluza — apresentou-me Cavalim.

Eu já tinha captado a dimensão daquela gafe, tanto mais imperdoável, porque eu sabia que Cavalim o estaria interrogando naquela tarde.

—Oh, o senhor me perdoe... eu... – Eu não sabia onde enfiar a cara.

—Não... – O infeliz tentava controlar-se, mas falava entrecortado por soluços. – Eu... tenho mesmo que... passar por isso... estava escrito.

—Acha que podemos prosseguir? – perguntou Cavalim.

—Sim, podemos.

—Como Marisa voltava do Colégio?

—Costumava voltar de ônibus... Por volta... das sete da noite já estava... Em casa.

—Voltava com amigas?

—Não sei... Dizer ao certo. Creio que sim... Às vezes. Quando não apareceu até as nove da noite, ligamos para parentes e conhecidos. Ninguém sabia dela. Então, contatamos a polícia para notificar o

desaparecimento.
—Alguém na sua família tem predileção por música clássica?
—Como? – A pergunta não fazia sentido para o interrogado.
—Música clássica. A sua família ouve com freqüência?
—Bem, eu gosto muito. Minha esposa também. A própria Marisa apreciava alguns temas.
—Algo especial?
—Não, não. Os mais famosos. Os quatro grandes.
—E quem são os quatro grandes no seu entendimento?

O senhor Oliveira pediu desculpas para assoar o nariz. Eu me impacientava naquele interrogatório que lembrava um programa de perguntas de auditório.
—Beethoven, Mozart, Tchaikovski e Bach.
—Ah, sim, claro. Ouviam Bizet?
—Não, Bizet não.

Cavalim mostrou-lhe a foto 3x4 de sua filha protegida por um plástico.
—Esta foto é dela?
—Sim. É ela um pouco mais nova. Como pode estar com o senhor?
– É o que estamos investigando – respondeu levantando-se. – Muito bem, senhor Oliveira. Era o que queríamos saber. Peço-lhe desculpas por qualquer dissabor desnecessário que tenhamos causado...

A referência à minha invasão com a camisa da filha assassinada era óbvia. Até um homem perturbado pela dor como nosso convidado percebeu isso, tanto que respondeu virando-se para mim:
—Não... eu compreendo. Imagino que para os senhores tudo se resuma em investigação de rotina.

Para mim, contudo, é a morte da minha filha. A morte da alegria em minha vida. Sei que estava previamente traçado, é o destino. Ainda assim é difícil aceitar.

—Agradeço que tenha comparecido em um momento tão doloroso assim.

O homem firmou a mão que Cavalim lhe estendia.

—Sim... Bem imagino que também isso estava escrito.

Quando a porta se fechou e alguns momentos de espera deram a certeza de que o homem já se tinha afastado, Cavalim virou-se para mim com inequívoca expressão:

—Jesus, Merluza! Quanta estupidez!

—É – respondi afundado em uma poltrona.

—Tenho vontade de esganá-lo. A última coisa que o homem queria ver é a camiseta da filha crivada de balas e manchada de sangue. Quanta sutileza!

—Você tem razão. Mas, pensando bem, não é minha culpa. Você não ouviu o homem? É o destino, estava escrito.

—Ao diabo com o destino. O destino nesse caso tem nome e sobrenome. E nós iremos identificá-lo. – O interfone interrompeu-o. – Que é, Selma?

—O Secretário na linha 2.

Cavalim tinha habilidade natural para tratar com seus superiores, sobretudo aqueles que lhe tinham ascendência pela política e não pelo ofício. Usava as frases certas e fazia veladas sugestões para ouvi-las devolvidas como idéias dos superiores que recebia com teatral entusiasmo. Era sempre positivo e não desprezava hábeis lisonjas. Naquele dia, o Secretário estava preocupado com a repercussão que a morte das meninas ganhava na imprensa.

"Sim, senhor, estou ciente da gravidade do caso" – foi

uma das frases que Cavalim usou para acalmar o Secretário. "As manchetes reverterão em seu favor quando resolver o caso em uma semana" – foi outra, bastante pretensiosa. "Não, Secretário, não é possível assegurar que não haja uma terceira vítima. Farias conversará com a imprensa. É um ótimo porta-voz. Entregarei o seu homem, o senhor fique tranqüilo" – frases desse quilate.
Quando finalmente o Secretário desligou, Cavalim virou-se para mim:
—É a pior parte.
—Mas você é muito bom nisso.
—Não. Eles é que são fracos.
—O Governo não devia estar mais preocupado com o escândalo da merenda?
—Política, Merluza. Secretários de Estado são assim mesmo. Cada qual cuida para que não caia o seu barraco, pouco importa o vizinho. Só que, no momento, o Secretário da Segurança não tem nada para desviar a atenção da mídia. O mesmo não se pode dizer da Secretária da Educação.
—Como é?
—A revitalização do Estadual.
—Estudei no Estadual por muitos anos. Ninguém me informou que estava morrendo.
—Muito engraçado, Merluza. A coisa funciona da seguinte maneira: a imprensa está caindo de pau em cima da Secretária Sandra Pires...
—Por causa do escândalo – interrompi.
—Exato. A coisa não poderia estar pior para ela. Superfaturamento, compras em excesso, alimentos estragados e uma empresa que vendeu tudo ao Governo sem licitação.
—E que parece ser do tio dela.
—É mais do que suficiente para o Governador mudar o comando da Secretaria da Educação. Mas o

Governador não deseja isso porque causará desgaste político no grupo de influência de Sandra Pires. Provavelmente, dará um ultimato a ela: desvie a atenção da imprensa ou você dança! Então ela apressará as obras de pintura no Colégio Estadual, acrescentará equipamentos que não estavam no projeto, uma e outra novidade. Convocará a imprensa e batizará essa maquiagem de "Revitalização do Estadual".
—Isso funciona?
—Claro. Só que o nosso Secretário não tem nada para desviar a atenção. Por isso ele pressiona o Cavalim aqui para que resolva o caso o quanto antes. – Cavalim levantou-se num salto. – Chega de conversa mole. Temos um encontro importante.
—Com quem? – Levantei-me apressado.
—Com a chefe da Gestapo.
—Que negócio é esse de Gestapo?

Formulei essa pergunta no elevador do prédio a que Cavalim misteriosamente me conduzira. Na verdade era a quarta vez que repetia a pergunta, entre outras tantas que fizera a caminho. Cavalim tinha prazer em deixar-me na expectativa, uma brincadeira maldosa infelizmente freqüente. E eu, bem a verdade, é que me comportava como uma criança que descobre doces no bolso do pai. Incomodava-o com pedidos até recebê-los.

—Sua memória é um espanto, Merluza. Foi você mesmo que a chamou de chefe da Gestapo.

Meus lapsos de memória sempre foram realmente espantosos. Coisas de que as pessoas costumam lembrar-se com facilidade para mim passam em branco. Fisionomias, nomes de conhecidos e diálogos. Tudo se escoa por algum ralo aberto em meu cérebro. Posso visitar o mesmo ponto turístico a cada cinco anos sempre com o mesmo deslumbramento porque, a essa altura, as primeiras impressões estarão esvanecidas. Livros, filmes... Esqueço-os por completo. Ah, sim, e recados. Não me peça para transmitir recados a outras pessoas. Por certo, decoraria a mensagem a ser transmitida com tranqüilidade – isso é curioso. Aquilo que chamo de memória imediata funciona perfeitamente bem. Posso decorar números de uma lista telefônica além da capacidade de qualquer pessoa, sou campeão em jogos de memória. O problema está na memória mediata. Voltando ao recado: certamente esqueceria de transmiti-lo. Preocupado com o problema, conversei certa vez com um neurologista da perícia do Estado.

—Seu problema não é exatamente de memória. Você é distraído – sentenciou.

Qual fosse o problema, fato é que não me lembrava:

—Eu? Chamei quem?

—Lia Schiller – respondeu ele, finalmente. – A pessoa com quem viemos conversar.

—E com que objetivo?

—É uma psiquiatra, Merluza. Já conversamos sobre isso...

—Deus, viemos até aqui conversar com uma maluca que ouve outros malucos deitados em divãs? Sabemos que nosso homem é doido, tudo bem.

—Não precisa chamar-me de deus – brincou Cavalim. – E ela não é só uma psiquiatra. É doutorada em Cornell. Sua tese abordou questões importantes sobre o comportamento de assassinos seriais. Um trabalho muito interessante. Ela mesma é uma pessoa interessante. Uma mente brilhante.

O elevador abriu-se no décimo-quarto andar do Edifício Asa. Percebi que alguém doutorado em Cornell deve trabalhar em ambientes condizentes com a pompa do título. Naqueles tempos, o Asa era um dos prédios mais distintos de Curitiba e não um poleiro de advogados como hoje. Lia Schiller atendia em um consultório com as dimensões de dois conjuntos comerciais de bom tamanho. A recepção era do tipo que intimida clientes da classe média, fazendo-os rodar nos calcanhares e evadir-se com uma desculpa frouxa nos lábios. Ambiente amplo, climatizado, luzes fartas para facilitar a leitura do *Cruzeiro*, *Fatos & Fotos*, toda uma sorte de revistas, sofás em que você senta receoso de que possam cobrar-lhe pelos minutos em que seu traseiro conspurcou sua beleza, quadros de Andersen e Segal. Duas secretárias que pareciam agendar consultas para o século seguinte, tal era o número de telefonemas que atendiam. E, atrás delas, um aquário de parede inteira.

—E esse negócio de Gestapo? – perguntei pela enésima vez.

—Calma, você verá.

Quando a doutora Schiller nos atendeu, logo entendi a referência. Ela não usava um uniforme SS, mas olhando o conjunto preto que trajava escapou-me um *quase*. Tinha provavelmente a idade de Cavalim e seria bela se a postura excessivamente profissional não impedisse qualquer devaneio libidinoso. Cabelos loiros presos, óculos severos, lábios finos e apertados, olhos imóveis e penetrantes. Confesso que senti medo de que ela me esbofeteasse, gritando para que fornecesse o nome de algum membro da resistência. Para minha surpresa, entretanto, ela foi extremamente gentil com Cavalim que conhecia, suponho, de outras investigações. As primeiras palavras desarmaram a impressão que tive, pois ela tratou-o com intimidade e calor:

—Luiz, é uma alegria revê-lo.

Trocaram algumas amenidades. Em algum momento Cavalim apresentou-me e, em deferência a ele, ela estendeu-me a mão. Em seguida, passou a esclarecer-lhe os pormenores do caso em que estávamos envolvidos, narração que ela acompanhou com interesse.

—Gostaria de contar com sua experiência para delinear o perfil do assassino.

—Nesse estágio da investigação?

—Mais precisamente agora. Não temos tempo a perder, Lia.

—Vamos ver... Os dados ainda são poucos – ela recostou-se em sua cadeira, pensativa. Juntou as mãos e estendeu os indicadores cobrindo os lábios. – Receberam um segundo envelope?

—Não.

—Mas receberão, tenho certeza.

—É o que também presumo.

—O envelope é claramente um padrão. Os seriais são incrivelmente metódicos. Na verdade estão atados ao método. Meu trabalho entre os americanos provou isso de maneira incontestável.

—O estrangulador do Alabama.

—Fico feliz em saber que leu a minha tese – ela estava mais que feliz, via-se claramente estampado em sua fisionomia. Maravilhosamente lisonjeada.

—Por completo, com sumo interesse e atenção. Na verdade, duas vezes cada parágrafo.

—Eu não tive essa felicidade – interrompi antes que ela babasse em seu *nazi-tailleur*. – Será que alguém poderia me ajudar?

—O estrangulador do Alabama matou oito adolescentes, rapazes e moças antes de ser preso – prestava esclarecimentos a mim, embora ainda fitasse fixamente Cavalim. – Todas as vítimas foram encontradas às margens de uma rodovia, com as mãos cruzadas ao peito segurando uma rosa verme-

lha. Curiosamente, o sistema penal americano liberou-o em condicional depois de cumprir trinta anos de pena, provavelmente em conseqüência de um erro de avaliação de algum colega de profissão. O fato é que ele voltou a matar.
—Credo! Mas a essa altura o homem já deveria ter...
—Cinqüenta e nove anos. O incrível é que sua nova vítima foi encontrada ao lado de uma rodovia, com as mãos cruzadas ao peito segurando uma rosa vermelha.
—Estava atado ao próprio método – disse Cavalim. – Incrivelmente aprisionado, mesmo sabendo que a repetição da sua assinatura macabra conduziria a polícia facilmente a ele.
—À prisão e à cadeira elétrica. O que realmente ocorreu em 1960. Ainda assim, agiu da mesma maneira como agia trinta anos atrás.
O silêncio que se seguiu não pode ter durado mais que 20 segundos. A mim pareceram longos minutos, tal a impressão que me causou a história do assassino americano.
—Nosso homem – continuou Lia Schiller – também está atado ao método. Por isso, certamente haverá um segundo envelope.
—Podemos – sentia-me um pouco estúpido ao perguntar – ter certeza de que é um homem?
—Não, de maneira absoluta – disse Cavalim. – Contudo a investigação e a experiência nos conduzem a essa convicção. Tenho certeza de que o Alemão afastará quaisquer dúvidas a esse respeito.
—A verdade, senhor?
— Merluza.
— A verdade, senhor Merluza, é que a estatística comprova que 90% dos assassinos seriais são homens. Algo ligado, provavelmente, à criação dos

meninos. Educados para comandar, educados para a agressividade.

—Há outros dados – continuou Cavalim. – Os corpos das meninas foram encontrados no meio de terrenos baldios, mas minha investigação do local mostrou que não foram mortas ali. Isto implica carregar o corpo das moças até o local. Há, portanto, necessidade de força.

—E assassinos seriais sempre agem sozinhos.

—É – concordei. – Deve ser um homem.

—Por outro lado, Luiz, é muito provável que esse homem procure entrar em contato direto com você.

—Como assim? – perguntei.

—Já estive pensando nisso. Estou providenciando toda aparelhagem de escuta, gravação e localização de chamadas. Espero ter tudo pronto amanhã, caso nosso homem resolva ligar.

—Acham que o cara vai ligar?

—Creio que sim – continuou a doutora. – Por que acha que o assassino endereçou o envelope pessoalmente a José Luiz Cavalim?

—Porque ele é o Delegado Titular da Homicídios.

—Não. Nesse caso não se preocuparia com o nome. Endereçaria simplesmente ao Delegado Titular da Homicídios.

—Então, por quê?

—Porque o Luiz já possui notoriedade na cidade, já desvendou casos complicados que ganharam espaço na mídia.

—É verdade. O chefe tem lá sua dose de fama.

—A doutora Schiller acredita que a vaidade está intimamente ligada aos assassinos seriais.

—E está. A vaidade em todas suas dimensões.

No caso presente, acredito que nosso homem se julga uma pessoa especial do ponto de vista intelectual. O que passa em sua mente é o seguinte: *vamos ver se esse Cavalim pode comigo!*

—Mas ninguém mataria jovens adolescentes apenas para desafiar a mente de Cavalim – duvidei.

—Não, senhor Merluza. Ele não mata por essa razão. Mas é a vaidade que o leva a enviar os envelopes. É o desafio intelectual que o conduzirá, acredito, a contatar nosso querido Luiz.

—Lembra-se do que lhe falei sobre os psicopatas, Merluza?

Balancei a cabeça. Já não lembrava de quase nada, a não ser que me davam calafrios pela coluna inteira.

—São pessoas divididas entre matar e sentir remorso, divididas entre a fuga e a busca de reconhecimento.

—Na verdade, os seriais possuem um *alter-ego* em evidência. Uma projeção de sua mente, daquilo que almejam como personalidade própria, das características pessoais que gostariam de ter. Esse *alter-ego* fantasmagórico acaba por dominá-los, deixando pouco espaço para o sujeito normal que o projeta. Via de regra, vivem como resultado desse domínio, em estado de absoluta amoralidade.

Alter-ego para mim era dialeto banto. Não quis que a conversa escapasse à minha mísera compreensão.

—Por que nosso homem mata, então?

—É impossível saber no momento – concluiu a doutora Schiller. – O que posso assegurar é que os seriais são pessoas comuns, com as quais convivemos anos a fio sem sequer supor a possibilidade de que cometam atos tresloucados. Elas trazem no subconsciente, entretanto, um gatilho de frustrações e complexos que pode disparar em ondas de violência aparentemente inexplicáveis. Qualquer episódio, por vezes o mais corriqueiro, pode disparar esse gatilho.

Para compreender todo mecanismo acerca dos motivos e da escolha das vítimas, seria preciso um trabalho direto com o assassino em muitas sessões, possivelmente requerendo técnicas de regressão.

Quando já nos havíamos despedido, descendo no elevador do Edifício Asa, não pude resistir a uma provocação:

—A chefe da Gestapo até que é bem jeitosinha e tratou afetuosamente o nosso Luiz.

—Olha, Merluza...

Cavalim mostrou-se então entre embaraçado e encabulado. Isso era tão raro em seu comportamento que me surpreendeu. Fiquei curioso para saber do que se tratava.

—Merluza, tenho um pedido a lhe fazer.

—Fale, chefia. Peça aí...

—Quando estiver nos visitando lá em casa, por favor, não mencione nada sobre a doutora Schiller com Esther.

—Vixe... O bicho tá pegando.

—O passado... Você sabe.

Sexta-feira

O bêbado adormecido

No dia seguinte, cheguei à DP com algum atraso. A madrugada havia sido longa e desperta, a mente vagando por pensamentos desconexos na escuridão de um quarto insone. Amaldiçoei minha incapacidade de dominar meus próprios neurônios. Queria desesperadamente relaxar, liberar o cérebro para sonhos tranqüilos, mas via-me dominado pela imagem fictícia do estrangulador do Alabama, das meninas nos terrenos baldios, pela memória dos acordes de Bizet.

Teria sido mais inteligente se lançasse mão de estratagemas simples para atrair o sono: uma leitura trivial ou a companhia da televisão. Contudo, insisti em permanecer na cama tentando técnicas que nunca funcionaram comigo, tais como a imobilidade absoluta ou a contagem de carneiros. Foi somente às quatro da manhã que o estrangulador do Alabama abandonou-me, provavelmente exausto pelo esforço de sufocar adolescentes seguidas vezes pela madrugada afora.

—O homem está nervoso — advertiu Selma assim que me viu. — Escute: até grita.

De fato, ouvia-se perfeitamente a voz elevada de Cavalim. Estava obviamente passando uma descompostura em alguém. *Uma tarefa simples? Você me julga um idiota?* Aproximei-me do seu escritório disposto a descobrir o que causou tanta irritação quando, subitamente, a porta se abriu e Charuto saltou esbaforido lá de dentro. Em seguida, um grampeador explodiu violentamente na parede.

—Fedeu – falou Charuto, apressado enquanto fugia.

– Volte aqui, imbecil – gritava Cavalim – que ainda não preguei o grampeador na sua testa.

Coloquei a cabeça pela porta com cuidado para não ser atingido por outro objeto qualquer.

—Posso saber o que está acontecendo?

—Esse desclassificado que tem apelido de vício... – Cavalim fez sinal para que eu entrasse. – Pedi a ele que fosse ao DOPS para pegar uma lista das pessoas que tem porte de pistolas calibre 32.

—Sim, lembro.

—Tarefa simples, provavelmente inútil. É quase certo que o assassino use uma arma ilegal, obtida no mercado negro. Mas a remota possibilidade de uma pista deve ser investigada. O método assim exige.

—E então?

—Você acredita que esse imprestável, por pura preguiça, não mexeu o traseiro daqui? Tudo que fez foi ligar para lá e aceitar a primeira negativa de um funcionário qualquer.

—Eh, Charuto...

—Embora seja realmente um indício pobre em que coloquei a trabalhar esse sabujo de segunda, isso me irrita. Vá atrás desse infeliz – ordenou Cavalim – e diga que ele tem até o final da tarde para me conseguir a lista ou ponho uma bala de 38 em cada joelho só para ver despencar esse peso morto no chão.

Encontrei Charuto na cantina fumando nervoso.

—E aí? – perguntou preocupado.

—Ele quer comer seu fígado. Onde tava seu juízo? Acha que o delegado aceita uma desculpa qualquer?
—Mas eu bem que tentei, Merluza.
—Em um caso como esse, tem de fazer muito mais.
—Acho que vou lá pessoalmente.
—É o que você vai fazer imediatamente – e repeti a ameaça feita por Cavalim.– só pra ver o peso morto despencar no chão.
—Ele disse isso?
—Disse.

Charuto não hesitou mais em se pôr a cumprir o serviço. Voltei ao escritório de Cavalim. Recebeu-me com um brilho intenso nos olhos, completamente modificado. A explosão de fúria esvanecera-se, substituída pela excitação das grandes expectativas. Sua mão segurava um envelope branco, tamanho ofício.
—Acaba de chegar.
—O segundo envelope – murmurei.

O conteúdo do segundo envelope trouxe uma incrível sensação de *dejà vu*. Era como se vivêssemos a terça-feira à tarde pela segunda vez. Lá estavam a foto 3x4 da segunda vítima e outra fita cassete. A primeira atitude de Cavalim foi examinar a foto de Cláudia Aguiar:
—Siga sua intuição, Zé Luiz. Seja menos científico e mais feminino.
—Quê?
—Nada, Merluza – respondeu apressado. – Vamos logo ouvir a fita.

Desta vez não foi preciso recorrer à Selma. O toca-fitas de Cavalim estava sobre a mesa. Aguardamos com atenção exasperada os sons que invadiram o escritório. A sensação de *dejà vu* acentuou-se.

Ouvimos novamente *O pescador de pérolas* pelo mesmo tempo em que ouvíramos na primeira fita, o mesmo cantor com sua voz dolorosamente pungente. A segunda música, porém, que tocou apenas por escassos segundos, era-me totalmente estranha. Silêncio.

—Sem dúvida *O pescador de pérolas* é o tema dele. Ouviu? Repetiu-se.

—Sim – concordei. – Mas e a segunda música?

—É uma passagem de *As quatro estações* de Vivaldi, mas...

—Mas o quê?

—Não sei qual o seu nome.

—Não sabe?

O tom de surpresa e desapontamento em minha voz feriram a suscetibilidade de Cavalim. Ele era vaidoso no que tocava aos seus conhecimentos.

—Sossegue, Merluza. Não sou uma enciclopédia. Mas sei a que especialista recorrer.

Agarrou o telefone e, enquanto discava o número, confidenciou:

—Um amigo meu, maestro da Orquestra Sinfônica de Curitiba. Espero que não esteja ensaiando a essa hora, porque, nesse caso ninguém o interrompe. Alô? Bom dia. Por favor, o maestro Mário Pascal? Ah, bem, está certo. Até logo. Inferno! Está ensaiando...

—E agora?

Cavalim levantou-se com energia e precipitou-se porta fora.

—Vamos, Merluza!

—Aonde, santo Deus?

—Até ele. Lembre, é uma corrida de alta velocidade. E estamos perdendo.

O Teatro Guaíra definitivamente não é um espaço cultural onde me sinto bem. Algo na sua imponência causa-me constrangimento, provavelmente as amplas escadas de veludo vermelho, sua fachada plena de luz em dias de gala. Sinto-me um caipira invadindo espaços que não me convidam com alegria. Poucas vezes o freqüentei em minha vida, sempre destinado a ocupar poltronas do segundo balcão. A platéia, apenas em formaturas de parentes. E sempre senti a sensação de que era um estranho no ninho.

—Nunca assistiu a uma ópera? – espantou-se Cavalim.

—Não e nem quero. Só de imaginar aquelas madonas esgoelando-se em agudos que me irritam a ponto de quebrar martelo, estribo e bigorna...

—Caro Merluza, a ópera é muito mais que isso. É o teatro em melodia, pura poesia. Há o cenário, a orquestra...

Invadir o teatro em pleno dia pela força do distintivo da Polícia Civil afastou a sensação de inferioridade que o Guaíra me causava. Empurrei as portas almofadadas da platéia com segurança, sentindo-me incrivelmente bem. Deparei com um espetáculo totalmente desorganizado. Os músicos da Orquestra Sinfônica do Paraná estavam espalhados de maneira desleixada pelo palco, cada qual portando seu instrumento, alguns sentados, outros não. Tocavam, entretanto, e não havia dúvida de que a música era perfeita.

—Essa aparente bagunça produz um belo som, não é mesmo? – ele era de fato capaz de devassar minha mente a todo instante. Cavalim apontou-me uma figura minúscula em cima do que me pareceu um pódio olímpico, perdida em meio aos músicos, regendo a orquestra: o maestro Pascal.

A urgência que movia todos movimentos de Cavalim naquele dia conduziu-o a uma descortesia. Subiu às coxias, comigo a secundá-lo, colocando-se exatamente em frente ao maestro, fazendo gestos amplos para chamar sua atenção.

—Dez minutos de repouso, senhores – o maestro desceu do pódio e foi ao nosso encontro.

—A Tosca! – disse Cavalim enfático firmando-lhe as mãos – É a próxima ópera que apresentarão?

—Sim, Puccini, de fato. Por ora, entretanto, estamos apenas exercitando as primeiras harmonias com a orquestra, como vê. A estréia será somente em três meses. Mas o que o traz aqui, em meio a um ensaio e disposto a interrompê-lo com tanta insistência?

—Perdão, Mário. Ah, sim, o investigador Pedro Merluza.

—Prazer.

—Sabe que, para fazer aqueles gestos simiescos, tenho bons motivos.

—Certamente.

—Uma investigação em que já houve duas mortes. Temo que poderá causar outras. Daí a urgência.

—E como posso ajudá-lo?

—Basta identificar essa passagem.

Cavalim puxou do toca-fitas e pôs a tocar o trecho desejado.

—Vivaldi. *As quatro estações*. – Respondeu o maestro de primeira.

—Sim. Mas como se chama especificamente essa passagem?

—*O bêbado adormecido*.

—*O bêbado adormecido* – repetiu Cavalim em meio às conjeturas que deveriam estar cruzando seu cérebro nesse exato instante.

—Em que esse conhecimento pode ajudar na sua investigação?

—Acredite-me, colabora significativamente. Por mais absurda que pareça a pergunta, há alguma relação entre esse tema e *O pescador de pérolas* ou *Apenas um coração solitário?*

O maestro não era daqueles que hesitasse diante de perguntas que envolvessem sua especialidade. Respondeu sem titubear:

—Absolutamente nenhuma. Autores diferentes, execuções que não guardam qualquer similaridade, temas totalmente distintos.

—Obrigado, Mário. Devolvo-o ao ensaio. Não se esqueça de me enviar dois convites para a estréia.

—Pode contar com eles. Virá com Esther.

—Não, virei aqui com o meu amigo Merluza. Nunca assistiu a uma ópera.

—Ah, que pecado! E como anda desperdiçando seu tempo?

Essa última pergunta foi ouvida por nós já ao longe, quando o pequenino maestro alçava-se novamente ao pódio. Acompanhados pelos acordes de Puccini, deixamos apressadamente o Guaíra.

No carro, retornando à DP, Cavalim me pôs ao volante. Ele gostava muito de dirigir e essa atitude indicava que queria concentrar-se integralmente em seus pensamentos.

—Então eu vou à ópera? – queria participar de suas reflexões.

—Sim, Merluza, vou acrescentar algo ao seu currículo cultural.

—Para conhecer esse trecho o nosso homem deve ser um especialista em música erudita.

—Por quê? – perguntou Cavalim candidamente.

—Se até você desconhecia – respondi encabulado.
—Eu não desconhecia, Merluza. Apenas não lembrava o nome.
—Então.
—Mas, para conhecer o seu nome, não é preciso ser um especialista, a não ser da maneira como testamos nosso querido maestro.
—Então?
—Nosso homem precisaria apenas ler o caderno do LP de *As quatro estações*, não percebe?
—É verdade.
—Não acho que seja um especialista em coisa alguma, nem mesmo em matar. Mas está claro que procura nomes significativos. O que faz então? Repassa sua coleção de clássicos e repare – enfatizou esta última palavra – clássicos conhecidos, pode-se até dizer populares.
—Populares para quem? Para mim é que não.
—Popular para você só o último samba enredo da Portela, Merluza. São clássicos populares, sim, conhecidos. Tenho certeza de que não encontraremos Moussovski, Stravinski ou Khachaturian, por exemplo. É possível que nunca tenha ouvido falar deles. Bem, talvez Stravinski, porque sua morte foi notícia recente nos jornais. Nosso homem procura nomes sugestivos na sua coleção de clássicos populares e já tem em mente o que pretende fazer. E está disposto a brincar com o Degas aqui. Ele parte de um disco com a gravação de *O pescador de pérolas*, um disco antigo, que já ouviu muitas vezes. Sua mente se ilumina, o nome lhe soa bem, parece adequar-se perfeitamente aos seus propósitos. Aí está sua assinatura. Está presente nas duas fitas e estará em todas as demais que possamos receber. Continua procurando

e encontra *Apenas um coração solitário,* em seguida, *O bêbado adormecido.*
—E o que quer dizer com isso?
—Não estou bem certo. Vamos ver. Escolha um restaurante.
—Quê?
—Um restaurante de que goste. Eu pago. Não vou liberá-lo hoje porque temos pressa. Comemos e seguimos o trabalho.
—Você paga? Tudo bem.
Segui para a Churrascaria *La Cabana,* minha churrascaria preferida, mas além das minhas corriqueiras possibilidades. No caminho, Cavalim fêz-me parar em um orelhão. Desceu e manteve conversa com alguém por cerca de cinco minutos.
—Toca para o *La Cabana* de uma vez.
—Como sabe que escolhi o *La Cabana*?
—É só juntar dois e dois. Cavalim paga, você é louco por carne e a mudança do seu itinerário para a República Argentina: *La Cabana.*
—Bastante óbvio – minimizei. – Com quem esteve falando?
—Com a doutora Schiller. Chegamos a um consenso. O cara está indicando a evolução do seu estado de espírito.
—Do que está falando?
—Das músicas e do que significam.
—Vocês estão forçando a barra.
—Pode ser, Merluza. Mas faz sentido. Afinal *Apenas um coração* s*olitário* e *O bêbado adormecido* são nomes que não podem ter qualquer relação com as vítimas. Portanto, têm com o assassino.
—Assim como *O pescador de pérolas.*
—Eu não disse isso.
—Então a assinatura tem a ver com as vítimas?

—Chegamos, Merluza. Vamos almoçar. Sei que você vai aproveitar a folia, mas não leve a tarde inteira. Temos muito que fazer.
—Não faça isso, chefia. Responda minha pergunta.

Cavalim riu gostosamente em três tempos.
—Vou deixá-lo em suspense. Faz parte do seu treinamento. Apenas se lembre do que lhe disse. Precisávamos da segunda vítima para estabelecermos conexões e tirar conclusões delas.

Ainda que Cavalim insistisse, a refeição tomou bem uma hora de nosso tempo. Ele estava especialmente irritadiço, impedindo que eu apreciasse adequadamente o almoço grátis.
—O que há? Come em paz, chefia.
—Não sei, Merluza. Não sei.

Havia eletricidade no ar como nos minutos que antecedem uma tempestade.
—Vai lá. Abre o jogo.
—Muito bem, Merluza. Você não me conhece há muito tempo, mas sabe que sou um homem metódico.
—Sim, sem dúvida.
—Gosto de seguir os passos numa investigação um a um. Cumprir cada etapa com precisão. Mas, nesse caso, sinto que sou obrigado a andar aos saltos, pulando etapas.
—O que quer dizer?
—Teoricamente deveria estar interrogando os familiares de Cláudia Aguiar. É quase certo que nada acrescentariam ao que nos disse o fatalista senhor Oliveira, mas, enfim, é o método. Em seguida, deveria ter um encontro adequado com a doutora Schiller para discutir o que significa *O bêbado adormecido*. Ao contrário, sou compelido a trocar rápidas impressões com ela num orelhão.

—Na minha opinião *O bêbado adormecido* é o Alemão – observei. – Você devia cobrar respostas dele.

—Merluza – censurou.

—O quê?

—Você me subestima e subestima o Alemão. Por mais que a pressa me tenha transformado num investigador negligente, é óbvio que não me esqueci do Alemão.

—E ele completou a pesquisa?

—Não lhe disse que o Alemão ébrio vale mais que quaisquer peritos da criminalística? Ele está anos além do seu tempo.

—E você não me diz nada? Então? O que descobriu?

—O assassino é homem, sangue A positivo. E ele tem um arranhão no punho direito e um fio a menos de cabelo na cabeça.

—O Alemão lhe disse tudo isso? Devia estar chapado.

—Não, Merluza, ele não me disse tudo. Os exames comprovaram que o fio de cabelo que coletei no local da primeira desova é 100% compatível com o material coletado nas unhas da segunda vítima. Se esse cara matou as meninas dentro do carro, como acredito que fez, então certamente apontou a arma com a mão direita para desferir seus três tiros.

—E se for canhoto? – duvidei.

—Veja que ele está ao volante, à esquerda da vítima. Ainda que seja canhoto, usará a mão direita. É quase certo que Cláudia Aguiar, num último desespero, tenha conseguido ao menos arranhar o pulso desse miserável.

—Bom... – eu estava estupefato. – Se você diz...

—Não negligenciei somente o que considero essencial. Já providenciei, igualmente, o aparato eletrônico para proceder à gravação e rastreamento de qualquer chamada para a DP.
—Já?
—Já. Se ele ligar, teremos sua voz registrada. Eu achava que os avanços eram consideráveis. Estávamos na sexta-feira e a investigação, a rigor, tinha pouco mais de 60 horas. Ainda assim, Cavalim não estava tranqüilo.
—O que está incomodando, então?
—Isso de pular etapas. O fato é que me sinto obrigado a ser rápido.
—A tal corrida de alta velocidade.
—Pois é... Não sei, Merluza, mas tenho medo de perder mais alguém – ele fez um gesto súbito com a mão direita, como se afastasse um sinal invisível de mau agouro diante dos olhos. – Duas e trinta – disse levantando-se – o tempo voa.
—E nós? Para onde vamos?
—Para o Estadual.
—E o que vamos fazer lá?
—Confirmar uma evidência.

No Colégio Estadual, ninguém parecia disposto a confirmar uma evidência, pois todos estavam ocupados com os preparativos da festa de *revitalização*. O colégio inteiro recendia tinta fresca. Alguns funcionários ocupavam-se em colar cartazes, outros amarravam faixas comemorativas. Ouviam-se serrotes e martelos agitados. Operários concluíam a construção de um tablado. Concluí que, no domingo, ali subiriam o Governador e a Secretária da Educação para proferir discursos. A diretora não foi encontrada, perdida em atender a todos detalhes do cerimonial. Havia pressão oficial pelo pleno êxito da comemoração.

—Pensa em distrair a opinião pública do escândalo – ruminou Cavalim.

—Chama uma pintura de fachada de revitalização. A quantos trouxas enganará?

Na secretaria da escola, os funcionários estranharam muito nossa pretensão de inspecionar as fichas do alunos. Cavalim exasperava-se. Embora intimidada com o distintivo da Polícia e com a nossa insistência, a mulher que nos atendeu não cedia facilmente.

—Não posso ajudar nisso. Somente a diretora poderá acompanhá-lo.

—Minha senhora, preste atenção porque não vou repetir. Ou a senhora arruma imediatamente alguém que nos possa auxiliar ou vamos começar a bulir em todos os arquivos da escola! E pouco me importa a desordem que possa causar!

Uma das primeiras coisas que se aprende na Polícia é que não há nada mais eficiente do que uma boa engrossada. A funcionária molhou os olhos, pediu somente mais um minuto e retornou com um coordenador.

—Os senhores me acompanhem. Querem ver todas as fichas?

—Quinta à oitava série, período vespertino.

—Muito bem. O arquivo da tarde é esse. Para cada série, há uma gaveta de acordo com a identificação. Posso ajudá-los na pesquisa?

—As fichas estão em ordem alfabética?

—Presumivelmente sim, salvo algum engano.

—Então não precisamos incomodá-lo.

Cavalim ocupou-se imediatamente da gaveta inferior, destinada à oitava série. Com pouca demora retirou uma ficha e apresentou-me:

—Aí está – exultou. – A ficha de Marisa Castelo de Oliveira.

—Está sem a foto.
—Por certo. A foto está conosco na DP.
—Mas então...
—Claro, Merluza. O assassino teve acesso a esse arquivo. A caminho do Rio Branco lhe explico. Por ora, temos de olhar todas as fichas da quinta à oitava série com a máxima rapidez, mas com atenção suficiente para que não nos escape uma ficha sem fotografia. É questão de vida ou morte.
—Por que desde a quinta série?
—Precisamos alongar um pouco a amostragem, dar uma margem de segurança.
—Estamos arriscando.
—Sim, Merluza – retorquiu impaciente. – É questão de palpite. Mas não podemos perder tempo olhando todas as fichas da escola. Anda, trabalhe.

Perdemos cerca de vinte minutos naquela busca. Cavalim olhou três séries enquanto eu completei apenas uma. Desesperava-me com a possibilidade de deixar escapar uma ficha sem foto. A simples idéia de que uma falha minha poderia resultar na morte de uma criança causava-me pavor. Quando dava por mim, estava conferindo a mesma ficha pela terceira vez.

—Nada? – perguntou ele.
—Não. Na quinta série garanto.
—Tal seria se não garantisse. Vamos, acelerado para o Rio Branco.

Seguimos para o Seminário em alta velocidade, com sirene ligada. Avancei pela Inácio Lustosa e Padre Agostinho no maior trecho, onde permitiam um deslocamento rápido, de maneira que não tive muito tempo para receber os prometidos esclarecimentos.

—Lembra que chamei atenção para a fotografia de Marisa em nosso primeiro dia de investigação?

—Lembro.

—Você não deu muita atenção ao fato, mas havia um pequeno pedaço de papel grudado no fundo da foto. Isso deixou claro para mim que a foto esteve grudada em algum lugar e fora arrancada dali.

—Claro – murmurei como se a dedução fosse minha.

—Nesta manhã, observei o mesmo com a fotografia de Cláudia Aguiar. Eu lhe disse – Cavalim fez uma entonação significativa na voz – que a segunda vítima seria a conexão de que precisaríamos. Percebi, então, que as fotos deviam ter sido arrancadas do fichário da escola.

—É alguém da escola, então?

—Sim, Merluza.

—Mas quem?

—Um professor.

—Deus, como pode ter certeza? Por que não um funcionário, um aluno, até mesmo um pai de aluno?

—Porque somente um professor se encaixa no perfil de conhecer alunos de duas escolas e ter acesso a dois arquivos. Leciona aqui e lá.

—Então faremos o mesmo no Rio Branco?

—Sim. E pode apostar que a foto de Cláudia Aguiar não estará lá.

E de fato não estava. Cavalim apresentou-me a ficha com gesto de plena convicção. Infelizmente, para ter acesso aos arquivos, repetiu-se no Rio Branco o mesmo procedimento lento do Estadual. Quando Cavalim apresentou-me a ficha da segunda vítima, soava a campainha do final das aulas da tarde.

—Apresse-se Merluza – insistiu Cavalim. – A mesma busca que fizemos no Estadual.

Repeti a busca no arquivo da quinta série com desesperado sofrimento. Ouvíamos o burburinho da

criançada correndo na saída da escola, a alegria estridente com que ganhavam as ruas. A tensão era tão palpável que me pressionava o peito. Gotas de suor frio escorregavam da minha fronte. Meus dedos atropelavam-se tornando a busca mais lenta. Amaldiçoava meu nervosismo e, quanto mais praguejava, mais nervoso ficava.
—Alguma coisa? Alguma coisa?
—Nada ainda.
—Vamos Merluza. Estou quase terminando.
—Meu Deus!
—Que foi?
Trêmulo e meio sufocado apresentei-lhe uma das últimas fichas da quinta série: Valter Vendrúsculo. Não havia foto. Cavalim pegou a ficha e levantou-se decidido.
—Conclua a busca, Merluza. É imprescindível ter certeza de que há somente esta ficha sem foto. Preste atenção. De minha parte falta apenas a sexta série. Cheguei até Paola. Paola, entendeu? Vou tentar localizar essa criança.
Retomei o trabalho. Em poucos minutos, estava no pátio da escola em busca de Cavalim. Ele veio correndo ao meu encontro, puxando-me apressado em direção à rua.
—Mais alguma?
—Não.
—O guri já saiu. Ajude-me a procurá-lo lá fora. Depressa, Merluza!
Cavalim passou-me rapidamente a descrição que obtivera do menino. Parecíamos dois alucinados correndo pelos grupinhos de estudantes: *Você viu o Válter Vendrúsculo? O Válter da quinta B...* Não, ninguém viu. Pegava ônibus a três quadras, mas já não estava lá. *Não senhor, não o vi entrar no ônibus.* Rodamos as imediações da escola, passando mensa-

gens pelo rádio da viatura para que todas unidades do Seminário, Batel, Mercês e Centro prestassem atenção num menino sardento, cabelos loiros, onze anos, trajando camiseta do Colégio Estadual Rio Branco, que eventualmente pudesse estar num carro acompanhado de um homem.

Mais tarde, por volta das oito da noite, quando foi oficialmente comunicado o desaparecimento de Válter Vendrúsculo, Cavalim escondeu o rosto nas mãos. Pela primeira vez eu o vi realmente consternado, mortificado pelo fracasso em duas olheiras cansadas. Seu rosto era uma máscara congelada em traços de sofrimento e sua voz denotava profundo desapontamento.

—A essa altura o guri já está morto.

Sábado

A fera que foge

....

A partir da noite de sexta-feira, Cavalim entrou em estado de absoluta concentração e integral doação ao caso. Um delegado que não abandona a investigação sequer por um minuto, não dorme mais e mal se alimenta, totalmente obcecado pela solução do caso, era completa novidade para mim.

Com o passar dos anos, acostumei-me com estas passagens, a que batizei de *o estado de transe*. Ocorria sempre nos momentos cruciais e tinha duração variável, mas termo certo: a solução do caso. Assim, *o estado de transe* poderia durar algumas horas ou alguns dias. O mais longo que presenciei foi de nove dias e oito noites sem dormir, alimentando-se praticamente de água, sanduíches e iogurte. Como ele só pensava em resolver o caso a qualquer preço, negligenciava qualquer outra atividade, até mesmo a higiene. Não se banhava nem trocava as roupas, não escovava os dentes e sequer penteava os cabelos. Aquilo não combinava com a elegância e o zelo que Cavalim sempre teve com a aparência.

Nesses anos todos, busquei um explicação lógica para o que se passava com ele. Entre outras idéias absurdas, cogitei de uma temporária alienação mental até a possibilidade da incorporação de alguma entidade. Jamais obtive a resposta, entretanto. Tampouco Cavalim preocupou-se em dar alguma. Penso que fosse a manifestação extrema de um vício, um estado de dependência da qual não se podia furtar. Antes de abstrair-se do mundo exterior para mergulhar a alma no caso, Cavalim tinha apenas uma única preocupação. Comunicar Esther de que ficaria por algum tempo longe de casa. O preço físico a pagar era altíssimo, tanto maior quanto mais longo o *estado de transe*. Concluído o caso, Cavalim ainda atendia a imprensa. Somente então voltava para casa, banhava-se, alimentava-se sofregamente e lançava-se à cama, onde padeceria um ou mais dias de violenta enxaqueca.

— É preciso dormir – disse-lhe no sábado pela manhã.

Havíamos passado a madrugada em claro, numa ronda pelo Boa Vista, dirigindo uma viatura sem identificação, rodando pela Avenida Paraná e suas transversais na infrutífera tentativa de surpreender o assassino em plena desova do corpo de Válter Vendrúsculo. Cavalim havia avisado outras unidades em toda a cidade para que ficassem atentas.

A ronda foi inútil, provavelmente porque o assassino suspeitara de alguma movimentação e resolvera escolher outro bairro. Com as primeiras luzes da manhã, chegamos na DP, quando fiz ao meu companheiro o alerta de que precisávamos repousar.

— Pode ir, Merluza. Eu é que não durmo mais.

— Quê?

— Não durmo até resolver esse caso.

— Você deve estar brincando —duvidei.—Isso pode demorar.

— Não. Estamos próximos do fim. Ainda que demorasse um mês, eu não dormiria mais.

Cavalim puxou do telefone e discou para casa. "Esther"? "Bom dia, amor." "Sim, vai começar." "Não sei dizer ao certo." "Também te amo." "Um beijo nas crianças."

— Você pode ir, Merluza — repetiu. — Qualquer coisa eu o chamo.
— Não, chefia, tudo bem – percebi que a coisa era séria mesmo. – Vou ver quanto eu agüento.

Às dez horas, recebemos um comunicado de que fora encontrado o corpo de um menino em um terreno baldio da Cachoeira, morto com três tiros. Ainda não havia sido identificado, mas para nós era certo que se tratava da terceira vítima.

— Deve ter suspeitado de alguma coisa, porque, desta vez, preocupou-se em ir bem mais longe – disse Cavalim enquanto nos deslocávamos para o local.

— Sabe de uma coisa, chefia? Não vejo a hora de botar as mãos nesse filho da puta. Queria pegar o desgraçado pelo gorgomilo e dar só três tirinhos no peito do infeliz.

— Eu também, Merluza. Eu também.

Curiosamente, dessa vez, Cavalim foi extremamente rápido na análise da cena da desova e do corpo. Eu já conhecia algo dos seus métodos e aquela análise superficial ia contra seus critérios. Era o menino que procuramos salvar no dia anterior, sem dúvida. Louro, onze anos, sardento, camisa do Colégio Estadual Rio Branco. Cavalim examinou o corpo em poucos minutos, deu alguns passos ligeiros em volta examinando o terreno e foi só.

— Vamos, Merluza.

— Já? – espantei-me.

— Não há nada aqui que eu já não saiba. Precisava apenas ter certeza que se tratava do Válter. A criminalística faz o trabalho padrão.

Quando retornamos, recebemos uma notícia bombástica. Selma aproximou-se em seu gingado de pata choca assim que nos viu entrar na sala de Cavalim. Apresentava um vinco para baixo nos lábios, pois aos sábados seu mau humor costumava aumentar.

— Delegado, um homem ligou procurando pelo senhor.

— Quem era?

— Aí é que está – disse ela atrapalhada. – Falou que era o pescador de pérolas.

— Diabo! – Cavalim socou a mesa com violência. Selma assustou-se e fez menção de retirar-se.

—Espere aí... Disse mais alguma coisa?

— Disse que se o senhor quiser falar com ele é melhor passar a tarde na DP.

— E você ia sair sem me falar isso?

— O senhor ficou nervoso.

—Algo mais?

—Não. Falou pouco.

—Está bem. Agora pode ir, Selma.

Ela saiu visivelmente contrariada. Cavalim podia ser rigoroso, mas não costumava ser grosseiro com os subordinados. Selma passou por mim resmungando, com a clara intenção de fazer escutar o que pensava:

Está nervoso e fica descarregando nos outros. Não sou paga para isso...

—O cara liga e eu estou na Cachoeira. – lamentou-se.

—Vai ligar de novo.

—Sim. Vai me obrigar a permanecer aqui durante à tarde.

—Viu como ele se chamou? *O pescador de pérolas*.

—Está claro, Merluza. Não lhe havia dito que essa música era o seu tema? Está claro também que, com pérolas, quer se referir às crianças.

—Às crianças?

—Sim. Suas vítimas. Pérolas, crianças especiais, dotadas de inteligência e talento que as diferencia das demais.

—Do menino não sei. Mas as duas meninas, pelo que descobri, eram extraordinárias.

—Pode apostar que o Válter também. Já é quase meio-dia e não posso mais sair, pois não sei a que horas ligará. É preciso, contudo, tomar algumas providências. Selma!

Ela demorou a atendê-lo. Eu sabia que devia estar sentada pesadamente em sua cadeira, propositadamente lenta, para valorizar a necessidade que o delegado tinha dela no momento.

—Selma!

A essa altura ela estaria resmungando algo como *agora sou necessária, não é?* Cutucando a maior de suas aftas com a língua para aumentar a própria irritação.

—Selma!

—Pois não, delegado? – sua voz soou afetada.

Cavalim não tinha tempo para se preocupar com as mesquinhas ironias da secretária. Tinha mais o que fazer.

—Ligue para o Farias imediatamente. Você, Merluza – voltou-se para mim quando ela saiu – vá ao correio na agência central e traga-me o terceiro envelope o quanto antes. E não me pergunte como vai fazer.

—Eu não ia perguntar nada.

—Farias na linha 3 – anunciou Selma.

—Farias – Cavalim agarrou-se ao telefone. – Preciso de você. Sim, preciso de sossego para prosseguir na investigação, apenas escute. Antes que os repórteres estejam babando na minha nuca, convoque uma coletiva. Diga que estamos no encalço do assassino e que não haverá uma quarta vítima. Sim, claro que pode prometer, não estou falando? Ligue para o Secretário e acalme-o com o mesmo lero-lero. Sim, eu sei. Eu sei, Farias. Obrigado. Até logo. Você ainda está aí?

Essa última frase era para mim e continha algumas censuras. Senti um pouco do que Selma deveria sentir quando era dispensada.

—Já fui.

No período vespertino dos sábados, o correio não funcionava como nos ordinários dias de semana, mesmo sendo uma estatal modelo . Aquele épico panegírico ao carteiro *nem mesmo a chuva ou neve, sequer os perigos da estrada* poderia sofrer um adendo: *exceto, talvez, um bom fim de semana.* Não faltou boa vontade, é bem verdade. Apenas o corpo funcional estava reduzido. O gerente da agência, confrontado com o distintivo e a premência da minha convocação, foi lacônico:

—Faremos o que pudermos, investigador. Mas veja, as correspondências postadas ontem somente serão entregues na segunda-feira. Posso disponibilizar apenas um homem no momento para acompanhá-lo à triagem. Os volumes e cartas devem ser separados pelo endereço, mas não posso prometer que todos já tenham sido separados.

O único homem de que ele podia dispor era um rapaz espigado, desengonçado, mas, felizmente, muito expedito. Conduziu-me tagarelando por vários corredores até desembocarmos numa sala ampla, cujas paredes eram guarnecidas de estantes e múltiplas divisórias. Malotes pendiam das estantes, centenas deles. Alguns pareciam cheios, outros, nem tanto. No meio da sala, havia várias mesas com volumes maiores.

—Polícia agitada... Deve ser importante o que estão procurando.

—E é.
—Qual é mesmo o endereço? Barão do Rio Branco?
—399.
—Para a Barão a correspondência é muita — procurou apressadamente por entre as estantes até puxar três malotes. — Deve estar em um desses três, se não...
—Se não o quê? — perguntei levando um malote à mesa próxima para abri-lo.
—Se não, não foi separado. E daí o trabalho é insano.
—Você pode me ajudar? — despejei o conteúdo do primeiro malote sobre a mesa. Iniciei a procura, devolvendo ao malote as cartas sobre as quais já havia passado os olhos.
—O que estamos procurando?
—Um envelope branco tamanho ofício, destinado ao Delegado de Homicídios José Luiz Cavalim.
—Ok.
—Mas — veio-me súbita hesitação — convém olhar o destinatário em todos envelopes.

Daquela feita, a Lei de Murphy não fez valer seus postulados, pois já no início do segundo malote o rapaz declarou alegremente:
—Aqui está. O senhor precisa assinar esse formulário.

Assinei duas vias do formulário sem maior atenção. Apanhei o envelope sofregamente e conferi o endereçamento. Pude até mesmo sentir a fita cassete em seu interior.
—É esse.
—Vai abri-lo aqui?
—Não — disse saindo em meio à sua decepção.
— Muito obrigado.

O Pescador de Pérolas

Quando entrei apressado no escritório de Cavalim, encontrei-o sentado, o cotovelo fincado em sua mesa, fitando fixamente o telefone. Ao me ver entrar, levantou-se sobressaltado:

—Encontrou?

—Aqui está.

Enquanto Cavalim rompia o envelope perguntei-lhe se o *pescador de pérolas* já havia ligado.

—Não, maldito – respondeu. – Parece que ele adora um suspense.

Cavalim despejou o conteúdo do envelope sobre a mesa. Como sempre, uma foto 3x4 e uma fita cassete. Sequer lançou um olhar à foto, ocupado em apanhar seu toca-fitas para ouvir as músicas. Eu, contudo, não pude deixar de sentir o coração apertado ao olhar para a foto 3x4 de Válter Vendrúsculo. Sorria em meio às sardas aquele loirinho que sequer suspeitava a trapaça que o destino lhe preparava. Sorria porque certamente desconhecia a que ponto pode chegar a maldade dos homens. Pensei que, talvez, se tivesse procurado mais rapidamente no fichário, poderíamos ter salvado sua vida. O pensamento era extremamente doloroso, a dor se colocou toda num imenso nó em minha garganta. Senti que meus olhos estavam prestes a vazar. Fiquei grato por Cavalim não fazer qualquer pergunta naquele momento, pois certamente não teria condições de lhe responder nada. Ele pôs a fita a tocar e, a cada vez que ouvia novamente os belos acordes da música-tema, parecia adivinhar lúgubres harmonias, compassos de puro terror e um tom especialmente sofrido na voz do cantor como se preparasse uma despedida. Como sempre, um pequeno intervalo separava *O pescador de pérolas* do tema seguinte. Então, alguns segundos de uma melodia desconhecida. Apenas para mim, porque Cavalim bateu imediatamente com a mão no joelho:

—Repetiu...

—O que repetiu?

—Intuição, Merluza. Intuição é um ingrediente notável.

—Do que está falando?

—Suspeitei que ele repetiria *As quatro estações* de Vivaldi.

—Mas como suspeitou isso? – aquela capacidade de intuir parecia absurda para mim.

—Porque a peça toda é referencial, a música procura efetivamente representar acontecimentos e cada trecho é batizado com um nome sugestivo: as moscas, a caçada e coisas assim.

—E esse trecho, qual é?

—Já saberemos.

Cavalim retirou um álbum de *As quatro estações* que tinha em uma das gavetas e que certamente havia trazido para DP quando a intuição bateu em sua mente. Corremos para a cantina da DP porque havia lá um toca-discos. Cavalim colocou seu *long play* para tocar, pulando apressadamente os trechos, por vezes de maneira até desastrada, fazendo a agulha arrastar ruidosamente sobre o vinil. Ele não parecia se importar. Por fim, chegou ao *Outono* e descobriu o trecho que havíamos ouvido. Consultou sofregamente o álbum.

—*A fera que foge* – declarou.

—Tem certeza?

—Absoluta.

—E... Isso diz alguma coisa?

— Claro que diz, Merluza. Você disse que eu e Lia Schiller estávamos forçando.

—Ah, o estado de espírito do assassino?

O Pescador de Pérolas

Alguma vez alguém já enunciou um postulado em sua frente, não importa de que ciência ou sobre que tema, pode ser um simples ensinamento de culinária ou de etiqueta, e aquilo lhe soou como se fosse grego? A pessoa declara objetivamente o que sabe ser verdadeiro e você limita-se a ficar boquiaberto. Seu raciocínio simplesmente não atinge o alcance das palavras. Nos meus longos anos de trabalho ao lado de Cavalim, isso aconteceu muitas vezes. Naturalmente era sempre eu quem desempenhava o papel do boca-aberta.

—Sim, por certo. A coisa vem num crescendo. A princípio é apenas *Um coração solitário*, alguém que sofre de profunda solidão e segue a vida comum do cidadão cumpridor dos seus deveres. Em seguida, torna-se *O bêbado adormecido,* ainda alguém normal, previsível, mas já embriagado por algo que o entorpece: uma paixão, o próprio trabalho, não sei. Subitamente algo se rompe dentro dele, a vida lhe prega uma peça, o bêbado desperta e se torna...

—*A fera que foge* – interrompi.

—Exato.

—E *O Pescador de Pérolas?*

—Já lhe expliquei. Provavelmente a melodia já o marcava desde a infância, um disco favorito de sua mãe, algo assim. Mas somente muito depois ele lhe emprestou novo significado.

—Não agüento mais ouvir a interpretação deste cantor. Cada vez se torna mais doloroso.

—Benjamino Gigli.

Olhei-o espantado. Sempre me surpreendia a profundidade de sua investigação. Queria todos elementos que se relacionassem ao caso, mesmo os mais insignificantes.

—Não me olhe assim, Merluza. Já pesquisei isso também. Acha que durmo em serviço?

—Sei que não. Literalmente.
—E, se quer saber, quase choro ao ouvi-lo cantar.
—Bem, é uma teoria – disse desconversando para não cair na mesma confissão.
—É mais que uma teoria porque se encaixa perfeitamente ao caso e explica tudo. Bem, quase tudo. Só que...
—Não pare agora – tinha medo de que ele tornasse ao deplorável hábito de deixar-me em suspense, sem revelar tudo o que estava pensando.
—Nada.
—Ah, não! – Fiquei mesmo irritado. – Sem essa, chefia. Olha, também estou aqui, sem dormir, comendo sanduíches da esquina e sem escovar os dentes. Quero saber!
—Apenas, Merluza, – olhou-me com brilho maroto nos olhos —que este último tema indica que ele está perto de concluir seu plano. Não imagino o que poderia vir depois.
—Também tenho das minhas intuições – disse agarrando o álbum de Vivaldi. – Olhe! – Exultei. – Quem sabe se o próximo não é *A fera morre?*
—Lamento desapontá-lo, Merluza. Já estudei todos esses nomes e possibilidades. Não há aí outro tema que possa ser adequado. O cara não é um suicida, nem pretende se entregar, apenas quer concluir seu plano. Talvez até pense que depois poderá levar sua vida normalmente.
—Quem sabe...
O telefone tocou. Cavalim ligou o sistema de escuta e gravação. Naquele tempo não havia BINA ou chamadas já identificadas. Esse processo levava tempo e necessitava de um trabalho em equipe. Eu sabia que a Telepar estava com um grupo em prontidão buscando a localização de qualquer chamada

para a DP. Mas nós precisaríamos que o diálogo durasse alguns bons minutos.
—Delegado?
—Sim, Selma.
—É ele.
—Transfere.

O que reproduzo agora é apenas o monólogo de Cavalim, tudo o que me foi permitido ouvir num primeiro momento. O que o assassino dizia apenas Cavalim ouvia. Escrevo desta maneira porque procuro reproduzir o estado de indescritível tensão a que me conduziu aquele diálogo, em que eu era totalmente surdo para um dos interlocutores.

—

—Sim, perfeitamente.

—

—Não.

—

—Talvez.

—

—É uma possibilidade que de fato me assusta.

—Não. Não mesmo.

—

—Gostaria muito de entendê-lo.

—

—Até mais do que prendê-lo.

—

—A mim também.

—

—Estou ouvindo.

—

—Eu julgava mais.

—

—Está bem. Apenas ouço.

—Não faço idéia.

—Cobiça.

—Sim.

—É bastante interessante.

—Não sei do que está falando.

—Talvez você.

Cavalim permaneceu algum tempo calado. Olhou significativamente para mim.
—Desligou.
—Não entendi nada — observei.
—Calma. Você entenderá. Vamos ouvir de novo a conversa. Foi bastante longa. Espero que o tenham agarrado.

Cavalim envolveu-se com o aparato eletrônico da gravação automática, retrocedeu a fita para que pudesse ouvi-la novamente.
—Preste atenção aos detalhes, Merluza.

Então, pude ouvir o diálogo inteiro, as intervenções de Cavalim, agora assumindo sentido concreto no contraponto ao assassino.
—Você sabe quem está falando?
—Sim, perfeitamente.
—Perfeitamente? Por acaso conhece minha identidade?
—Não.
—Talvez presuma que irá me apanhar, talvez presuma que conhece meus motivos.
—Talvez.
—Talvez seja apenas um presunçoso.

—É uma possibilidade que de fato me assusta.

—Ora, ora! O nosso delegado especial está com sua auto-estima abalada. Não é como prender maridos ciumentos, é?

—Não. Não mesmo.

—É claro que não é. Provavelmente, você jamais me apanhe, porque não chega a atingir meus objetivos. Você é fraco, delegado. É fraco porque simplesmente não me entende.

—Gostaria muito de entendê-lo.

—Gostaria mesmo?

—Até mais que prendê-lo.

—Isso me surpreende.

—A mim também.

—Muito bem. Acho que posso ajudá-lo. Não que mereça entender qualquer coisa. Faço isso em homenagem às crianças.

—Estou ouvindo.

—Sabe, delegado, calcula-se que o homem civilizado, considerando civilização a mera utilização da pedra lascada, tenha cerca de 12 mil anos.

—Eu julgava mais.

—Porque é ignorante. Cale-se. Não me interrompa inutilmente ou desligo. Acha que não sei que estão tentando me localizar?

—Está bem. Apenas ouço.

—Tecnologicamente, a humanidade evoluiu muito, não há dúvidas. O homem pôs seus pés imundos na Lua, criou comodidades domésticas, Pasteur impediu a seleção natural, Von Braun promoveu a seleção artificial, assim por diante. Mas ética e moralmente regredimos. O homem da pedra lascada tinha moral mais elevada que a nossa. Sabe por quê?

—Não faço idéia.

—Porque tinha uma ética definida. Lutava por seu clã, pela sua fêmea. Matava se alguém tentasse roubar sua caça. Era uma ética de sobrevivência, extremamente simples e pura. Com o tempo, elementos negativos agregaram-se à sociedade , tanto mais intensos quanto maior sua sofisticação, conspurcando a ética humana original. Arriscaria um palpite?

—Cobiça.

—Muito bem, delegado. E a hipocrisia. A cobiça em todas suas formas, da ganância ao poder. E a hipocrisia como instrumental necessário ao exercício do poder. Os romanos do ocidente viram seu império de mil anos sucumbir pela cobiça e hipocrisia. Está acompanhando?

—Sim.

—A ética não é mais definida e simples. É volátil na mão de quem manda. Contudo, há um elixir para qualquer mal. E para esse mal o elixir é a educação. Os filósofos – de Platão a Sartre – sempre souberam disso. Nas poucas vezes em que os poderosos favoreceram a educação, floresceu uma época maravilhosa. Assim foi com os árabes em seu apogeu, com Frederico, com o renascimento e o mecenato. Está gostando disso, não?

—É bastante interessante.

—Refiro-me à demora. Ao tempo que estou perdendo. Deve estar surdo ao que digo apenas imaginando que, em breve, seus homens me surpreenderão, não é?

—Não sei do que está falando.

—Claro que sabe. Mas não lhe darei essa chance. Concluirei rapidamente. Hoje, delegado, aqui no Paraná impera a hipocrisia e a cobiça. Os porcos de Orwell estão no poder. Mas os porcos têm seus cães, homens como você, para protegê-los. É difícil atingi-los. Que posso fazer, então? Ao menos lhes arranco as pérolas. Afinal, como diz o ditado, de que adianta lançar pérolas aos porcos?

—Talvez você...

—Cale-se e escute. Sei que está gravando nossa conversa. Quero que divulgue esse pequeno discurso na imprensa. Até logo, delegado.

Cavalim desligou a aparelhagem de escuta no exato momento em que Selma lhe passou outra ligação.

—Muito bem – disse brevemente ao telefone. – No centro? Ah, sim, isso não tem importância. Obrigado pelo trabalho.

Ele recostou-se em sua cadeira, lançando as pernas sobre a escrivaninha. Parecia finalmente relaxado.

—Localizaram a ligação, Merluza. Um orelhão do centro da cidade, Muricy, perto da Biblioteca Pública. É claro que nosso homem não estava mais lá quando chegaram.

—É uma pena.

—Isso não tem importância – repetiu. – O desgraçado já pode considerar-se preso.

—Já sabe quem ele é? O diálogo foi muito interessante, mas não creio ter ouvido o homem se apresentando.

—Não sei seu nome. Mas sei o que ele é.

—Um professor. Já disse. Não pode sair por aí prendendo todos os professores da rede pública.

—É um professor de História, Merluza.

Devo ter expressado certo ceticismo em meu semblante, porque ele continuou enfático:

—Não pode haver dúvida quanto a isso. Basta ouvir a gravação. Parecia estar lecionando, o tempo todo fazendo citações históricas. Romanos, Frederico, renascimento...

—Poderia ser um professor de Filosofia. Platão, Sartre...

—Sim. E de Sociologia também. Mas é de História.

—E por quê?

—Pela simples razão de que não se leciona Filosofia e Sociologia no ginásio nas redes públicas de ensino.

—Então nosso homem cometeu um erro.

—Sim. O erro dele é me subestimar. Certamente não imagina que nossas investigações estão bem avançadas, do contrário não falaria tanto. Mas, de qualquer modo, ele não perderia a oportunidade do seu pequeno discurso.

—E de ser arrogante com o delegado.

—Isso também, Merluza.

—O cara deve estar se sentindo no céu. Cale-se e escute – busquei imitar a voz do assassino. – Você é um idiota. Não é como prender maridos ciumentos, é?

Cavalim não pode conter um sorriso. A expressão de tranqüilidade em seu semblante e o relaxamento de sua postura – a primeira vez em vários dias – era o sinal de que considerava ter o caso sob controle. O homem estava preso.

—É questão de tempo.

—Quê? – Por vezes esquecia-me de que ele podia devassar meus pensamentos.

—Prendê-lo. É questão de tempo.

—Bom... acho que há um bom *pit-stop* em nossa corrida de velocidade. Amanhã é domingo. Ele não terá a chance de matar crianças inocentes saindo da escola.

—Certo, Merluza. Mas não vamos relaxar no final. Talvez a corrida ainda não tenha acabado.

—O que quer dizer? Não temos algum tempo de folga? Dormir, escovar os dentes...

—Negativo. Só depois que agarrarmos o assassino. Você não vai querer perder a apoteose, vai?

—Por nada nesse mundo. Apenas pensei que amanhã, sendo domingo, poderíamos tirar um cochilo.

—Aí é que está. Talvez pudéssemos. Mas tenho o pressentimento de que as coisas estão mudando.

—Como assim?

—Primeiro, pela evolução dos temas nas fitas cassete. Falei que não consigo imaginar o que viria depois de *A fera que foge*.

—Falou.

—Por outro lado, nossa amigável conversa com o assassino dá a sensação de que ele considera seu trabalho terminado. Analise especialmente esse trecho: – e Cavalim buscou imitar a voz e o tom do assassino, o que, devo confessar, fez com mais perfeição–que posso fazer então? Ao menos lhe arranco as pérolas. Divulgue esse pequeno discurso na imprensa.

—E você vai?

—O quê?

—Divulgar o palavrório do cara.

—De jeito nenhum.

—Isso vai irritá-lo.

—Agora – enfatizou – estou me lixando para a irritação dele.

—Muito bem. Qual nosso próximo passo?

—Temos a noite inteira para lidarmos com a burocracia.

—O quê, exatamente?

—Arquivos da Secretaria da Educação. Separar o nome dos professores de História que lecionam no Estadual e no Rio Branco. E separar destes os que lecionam para o ginásio.

—Vai ser difícil. Essa hora já está tudo fechado. Funcionário público, sábado à noite?

—Você está trabalhando e é funcionário público, esqueceu?

—Sei, chefia. Só digo que vai ser difícil. Vai ter de acordar as pessoas.

—Acordaremos os defuntos se for preciso.

—Se você diz...

—Uma vez tendo o nome, vamos atrás de um mandado.

—De prisão?

—Não. Nenhum juiz daria mandado de prisão por maior que fosse nossa convicção, pois não há elementos suficientes. O que precisamos é de uma autorização judicial para entrar na casa dele. Vamos, finalmente, entrar no covil da fera e mostrar-lhe que *A fera não foge.*

Domingo

Sorria amarelo, como se a morte assim lhe ordenasse

••••••••••••••••••••••••••••••••••••

Quando pequeno, passei as férias de verão na casa de um tio em um pequeno sítio do interior. Era um homem severo, morigerado e com singular conceito de educação, baseado no trabalho e castigo. A singularidade residia no fato de que trabalho e castigo vinham conjugados em um sistema único de repressão pedagógica. Quando julgava que um dos meus três primos precisava de uma *emenda na correia* – como ele próprio dizia – punha-o em *purgatório*.

O castigo consistia sempre em uma tarefa que, embora tivesse utilidade, era deliberadamente planejada para ser cansativa e frustrante. O danado era bastante criativo para imaginar o purgatório: "vai colher meio hectare de feijão com a mão esquerda amarrada nas costas". "Vai trazer três traíras para o jantar sem caniço ou tarrafa". "Vai carpir o terreiro com a enxada cega", coisas do naipe. Lembro-me de uma ocasião especial em que obrigou o filho mais velho a encher uma cisterna com a água de um poço distante entregando-lhe um balde cheio de furos, de modo que, quando o infeliz atingia seu objetivo, o balde tinha menos da metade da água. Para completar, impôs a obrigação de passar entre os canteiros da horta, sentenciando paradoxalmente: "água não se desperdiça"!

Por volta das três da madrugada daquele domingo, lembrei-me do tio Alfredo e suas punições, porque aparentemente estávamos enfrentando o purgatório. Desde o instante em que Cavalim definiu o que era preciso fazer, estávamos duramente empenhados em alcançar os arquivos da Secretaria da Educação, mas todos esforços mostravam-se inúteis. Fui enviado aos colégios e ao prédio da secretaria apenas para encontrá-los irremediavelmente fechados, visto que os homens da segurança não dispunham das chaves. Cavalim ficou no telefone da DP com o objetivo de encontrar alguém que pudesse abri-los. As respostas eram todas iguais: só com a autorização da Secretária. Mas Sandra Pires não estava em casa, tinha ido ao teatro, comer fora, trivialidades assim. Meia-noite em ponto, um insistente Cavalim localizou a Secretária em sua casa. Ela, no entanto, não se dispunha a autorizar nossa visita noturna.

—É imprescindível, senhora Secretária – insistia Cavalim.

—Por que imprescindível?

—Simplesmente porque três crianças já morreram.

—E quem podemos culpar por isso? – retorquiu maldosamente.

—Ao assassino, senhora. É por isso que devemos apanhá-lo logo.

—Amanhã, a partir das nove horas, posso autorizar sua inspeção, acompanhado de um funcionário de minha confiança.

—Quero a autorização agora, senhora Secretária.

—Por quê?

A mulher fazia-se de obtusa e Cavalim suspeitava o motivo.

—Queremos apenas investigar os dados dos professores, nada mais.

—E o que mais poderia ser?

—Imagino que nada, senhora.

—Amanhã – finalizou ela – nove horas, com alguém da minha confiança.

Desligou. Cavalim teve um de seus acessos de fúria. Lançou longe o gancho do telefone, de maneira que o fio fez com que o aparelho despencasse ruidosamente da escrivaninha.

—Megera! Cafetina! Porca! Peculatária!

—O que houve, chefia?

—Não autorizou nossa pesquisa. Só amanhã às nove. Sei bem por que...

—E por que seria?

—Deve achar que nossa pesquisa é pretexto para investigar algo mais, algo que esconde, entende?

—Algo relacionado ao escândalo.

—Exato. Provavelmente pensa que somos instrumentos da sua fritura, que estamos servindo a algum rival político e que podemos bisbilhotar em outros documentos que não meramente o cadastro do corpo docente.

—Bom – bocejei resignado. – Então fica para amanhã. Podemos então dormir um pouco.

—Merluza, você parece que não me conhece. Às nove, quero ter o homem preso.

—Mas como vamos fazer?

—Mesmo que seja preciso usar nossos dotes de arrombadores...

Mas não foi preciso. Usou os canais competentes. Cavalim ligou para o Secretário da Segurança que, por sua vez, também teve uma discussão acalorada com Sandra Pires. O Secretário ligou para o Governador e, de algum modo, convenceu-o da urgência da pesquisa. O Governador ligou para Sandra Pires que finalmente cedeu. Mas fez questão de acordar seu homem de confiança para nos acompanhar.

Os canais competentes, embora merecessem o nome, foram um tanto lerdos. Somente às seis horas da manhã de domingo um funcionário com ares inamistosos e desconfiados, identificou-se com a segurança e abriu-nos as portas da Secretaria da Educação na Água Verde.

—As ordens são para liberar apenas os arquivos dos professores – sentenciou.

—Escute bem, amigo – Cavalim usou seu mais persuasivo tom de voz – não queremos outra coisa. Se nos ajudar, poderá aproveitar inteiramente o seu domingo.

—O que exatamente estão procurando?

—Professores de História que lecionem simultaneamente no Colégio Estadual e no Rio Branco, ou que o tenham feito no ano passado. A busca deve limitar-se aos professores do ginásio.

—Não será difícil.

A pesquisa demorou apenas uma hora. Dois professores preenchiam todos os requisitos, mas Cavalim não me deixou olhar os nomes de imediato. Ele agradeceu polidamente ao funcionário e retiramo-nos para a viatura. Dentro do carro, eu lamentei:

—Dois nomes? E agora?

—A sorte finalmente nos favorece. Um dos professores é mulher. Podemos excluí-la. Portanto o nome do nosso homem é Arlindo Boaventura da Costa.

—*O pescador de pérolas.*

—Em pessoa. Segundo os dados da ficha, o sujeito tem 42 anos e mora no Boqueirão. Vou deixar você na DP para que apanhe outra viatura.

—Vamos nos separar? – interrompi.

—Você vai tratar primeiro de conseguir o mandado com o juízo de plantão para que eu possa entrar na casa legalmente. Já deixei tudo acertado com nosso amigo promotor, o Cunha, de modo que espero não ter dificuldades. Qualquer problema você me comunica pelo rádio. Estarei na viatura esperando.

—Você me aguardará com o mandado.

—Negativo. Você me informa que tem o mandado e vai para a DP. Eu faço o serviço.

—Não precisa ter o papel em mãos?

—Só se o cara assim exigir, o que, você sabe, só acontece em casa de advogados. Mas talvez a fera nem esteja na toca.

—Não gosto da idéia de você ir sozinho.

—Não há outro jeito. Quando chegar na DP, chame o Charuto para ficar lá com você. Talvez precisemos dele.

—Por que não me espera? – insisti. – Afinal, não há mais pressa.

—Será? – respondeu enigmático.

Como nos separamos, por determinação de Cavalim, não presenciei os acontecimentos verificados na casa do professor Arlindo Boaventura da Costa. O relato que transcrevo espelha a versão a mim passada por Cavalim, alguns dias depois. Espero ser fiel às suas palavras.

Cavalim localizou o endereço do professor no Boqueirão, estacionou a viatura em via lateral, de maneira que não pudesse ser vista da residência, e permaneceu impaciente aguardando minha chamada pelo rádio. Posso até imaginá-lo tamborilando os dedos no volante e, vez por outra, soltando alguma imprecação contra minha pessoa e minha demora. A verdade é que me esforcei ao máximo no cumprimento de minha incumbência, mas não consegui a celeridade por ele desejada.

—Más notícias – informei pelo rádio.

—O que foi?

—O juiz de plantão chegou e negou-se a expedir o mandado.

—Quê?

—É um juiz novinho, recém-formado, que cumpre bonitinho a cartilha. Disse que não expede um mandado de busca sem um requerimento escrito e bem fundamentado. De nada valeram as ponderações do Cunha.

—Não vou dizer que o juiz esteja errado.

—E agora?

—Agora dane-se o mandado. Entro sem ele.

—Isso acaba na corregedoria.

—Uh! Que medo... Quero que você espere com o Charuto na DP. Entro em contato pelo rádio.

Por volta das oito e meia, Cavalim abriu o portão da casa número 76 da Rua Maestro Carlos Franck. O portão não se abria sem barulho e a ausência de movimento convenceu-o de que não havia cães. Assegurou-se disto observando a calçada limpa, mesmo com a chuva do dia anterior. Era uma casinha simples, estimou que não podia ter mais que seis cômodos. Cercava-a um jardim de homem que não ama as plantas. Na grama crescida, apontavam ervas daninhas de toda sorte. Não havia canteiros até as hortênsias coladas aos muros laterais. A casa reclamava uma pintura há anos. Cavalim rodou a residência, olhando de janela em janela sondando o ambiente. Os vidros estavam sujos, o que dificultava a visão do interior. Na janela da sala, porém, pôde olhar melhor, pois um vidro estava quebrado. Nenhum sinal de que o morador estivesse em casa. Cavalim foi à porta dos fundos, conferiu se o revólver estava carregado. Colocou luvas cirúrgicas e retirou uma gazua do bolso. Com pouco trabalho estava no interior da casa.

A porta dos fundos franqueava acesso a uma lavanderia. No tanque estavam jogadas algumas roupas de homem. A máquina de lavar era uma *müller-barril* de pequena capacidade, boquiaberta com a presença de um estranho. Adiante, Cavalim entrou na cozinha. Havia pratos sujos na pia, panelas ainda com comida, arroz e feijão. Um armário revelava que Arlindo era homem prático e que amava menos a cozinha que o jardim. Havia toda sorte de refeições prontas, de enlatados a macarrão instantâneo. Numa mesa pequena, solitariamente servida de apenas uma cadeira, havia pães, margarina e um bule de café. A margarina ainda estava fresca. O café ainda estava morno. Cavalim convenceu-se de que o homem saíra havia pouco mais de uma hora. O aposento seguinte era a sala que Cavalim avaliara pelo vidro quebrado. A foto de uma moça loira exibindo saúde em belo sorriso chamou sua atenção. Por alguma razão parecia deslocada no cenário. Cavalim examinou a fotografia, retirando-a do porta-retratos. A moça era realmente bonita. No verso da fotografia havia uma dedicatória na letra redonda que só as mulheres têm:

Para Arlindo.
Uma lembrança de sua
Bia.

Cavalim bisbilhotou na estante, repleta de livros de história e filosofia. Havia também alguns livros didáticos e manuais do professor. *O Príncipe* de Maquiavel, os *Diálogos* de Platão, *História do*

Paraná, Ascensão e Queda de Roma, Enciclopédia Histórica Abril Cultural, Histórias do Brasil Menino, entre outros títulos. Cavalim desinteressou-se da pesquisa quando visualizou um toca discos ao lado de um sofá e uma coleção de LPs. Lançou-se aos discos com interesse. Havia discos de Gil, Caetano, Chico Buarque, Roberto Carlos e outros da MPB. Cavalim buscava os clássicos ansioso: Berlioz, Bach, Mozart... e Vivaldi! Lá estava o LP de As quatro estações. Cavalim confidenciou-me depois que, mesmo estando convicto de estar na casa do assassino, a demora em localizar este LP fez seu coração bater mais rápido. Encontrou também Tchaikovski e Bizet com os temas *Apenas um coração solitário* e *O pescador de pérolas*.

Confesso, sinceramente, que se eu estivesse em seu lugar, a esta altura já teria voltado à viatura para chamar reforço. Podem me chamar de covarde se quiserem. O fato é que o homem podia voltar e o salário de investigador não vale um tiro nas costas. Cavalim jamais faria isso. Olhou rapidamente os três cômodos que lhe faltava inspecionar: banheiro, escritório e quarto de dormir. Optou pelo escritório.

Tratava-se apenas de uma escrivaninha, onde havia mais alguns livros e uma pilha de trabalhos escolares por corrigir. Havia também uma prateleira repleta de papéis. Cavalim sentou-se na cadeira da escrivaninha e passou a bisbilhotar em suas gavetas. Na primeira gaveta havia uma série de pastas com etiquetas diversas: imposto de renda, contas pendentes, contas pagas, coisas assim. A segunda gaveta continha um gravador que Cavalim contava encontrar cedo ou tarde, colocado sobre uma pilha de envelopes tamanho ofício. E pouco atrás um revólver Taurus – M76, calibre 32. "Olá maldito! Não saiu de casa hoje"? – murmurou para si mesmo. O conteúdo da terceira gaveta, contudo, causou-lhe um estremecimento: maligno e silencioso, outro envelope destinado a José Luiz Cavalim, idêntico aos três recebidos.

O envelope já estava lacrado, mas Cavalim podia sentir a fita cassete em seu interior. Não hesitou um instante em rasgá-lo. Enfiou a mão no interior em busca da fotografia. Desta vez não havia uma pequenina foto 3x4, mas um recorte de jornal com a fotografia de uma mulher de cerca de 50 anos, cabelos curtos com mechas grisalhas, profundas olheiras escuras sob os olhos, estampadas em um rosto redondo. Na foto, a mulher sorria amarelo falsamente, como se a própria morte lhe ordenasse o sorriso. A mulher era Sandra Pires, Secretária da Educação.

Nunca tive filhos. Nestes setenta e poucos anos de vida, acumulei muita solidão e recolhimento. Mas imagino que a angústia da mãe que espera notícias do filho que sabe em perigo seja algo semelhante ao que passei naquela hora na viatura em frente à DP. O desordenado torvelinho de pensamentos, a maioria maus, seguidos de serenas admoestações que fazia a mim mesmo, certa dificuldade em respirar, um mal estar que vem não se sabe de onde e, acima de tudo, profunda sensação de inutilidade e culpa. Culpa por não fazer nada.

O domingo amanheceu com a preguiça dos dias em que não se trabalha, um sol vagaroso até mesmo em aquecer as ruas vazias. Mesmo a Barão do Rio Branco parecia a rua principal de uma cidadezinha do interior. O comércio fechado, o asfalto órfão do rumor dos carros, um raro transeunte descendo do centro.

—Parece Pitanga.

Olhei para o Charuto, sentado aborrecidamente ao meu lado na viatura.

—Quê?

—Pitanga. Esse silêncio todo me lembra a avenida principal de Pitanga.

—E eu sei lá de Pitanga? Nem sei onde esse diacho fica.

—É minha cidade – respondeu ofendido. – E não é tão pequena, viu? Não conhece seu Estado, Merluza?

Eu estava muito preocupado para dar corda ao Charuto. O rádio permanecia ligado, em freqüência, mas insistia num mutismo de enlouquecer. Nem mesmo os comunicados habituais da PM sobre esta ou aquela ocorrência. Parecia que nada estava acontecendo em Curitiba naquela manhã.

—Onde é que o delegado está mesmo?

—No Boqueirão.

—A casa do assassino é lá, então?

—Não. O delegado foi tomar banho nas cavas do Iguaçu... É claro, Charuto!

—Você não devia ter deixado ele ir sozinho.

—Ô Laudelino Alcides da Silva! Acorda! – Charuto estava me cansando. A tensão gera mais impaciência que qualquer outro sentimento. –Eu não deixo nada, lembra? Não mando nada, também. Agora vê se fica quieto.

—Credo! Está bem, fico quieto, se é o que você quer.

Cruzou os braços, parecendo emburrado. Pensei que talvez tivesse algum sossego.

—Mas que parece Pitanga, parece...

Ia engrossar com ele quando finalmente o rádio nos interrompeu. A voz de Cavalim estava um pouco alterada. Mesmo adulterada pelo alto-falante, percebia-se claramente um tom de excitação e urgência.

—Alô, Merluza! Câmbio!

Atrapalhei-me um pouco com o aparelho. Cavalim estava impaciente. Gritou:
—Atende, Merluza! Câmbio!
—Fala, chefia. Câmbio!
—Liga a sirene, pega o Charuto e se manda agora para o Estadual! Câmbio!
—O que aconteceu? Câmbio.
—Explico no caminho. Já se mandou? Câmbio.
Liguei apressadamente a viatura. Arranquei precipitado Barão afora. Acionei a sirene e o giroflex.
—Já estou a caminho. Câmbio.
—A próxima vítima é a Secretária da Educação. Câmbio.
—Quê? – quase me atrapalhei na primeira curva.
—O nosso homem planeja matar a Secretária Sandra Pires. Acredito que seja hoje na cerimônia no Estadual. Câmbio.
—Vixe! Que horas são Charuto?
—Nove e cinco – respondeu ele.
—Chefia! Nove e cinco. A cerimônia já começou. Câmbio.
—Segue direto para lá. Essas coisas atrasam. Câmbio.
—Chamo reforço? Chamo a PM? Câmbio.
—Negativo. Com muita movimentação, o homem pode fazer bobagem. Melhor chegar no colégio paisano. Um de vocês segue direto na direção da Secretária e tira ela de lá. Outro dá busca pelo homem. Sem ela no cenário, o cara desiste. Garanto. Câmbio.
—Você manda – achava a decisão errada. Por mim estaria chamando meio mundo para dar cobertura.
—Presta atenção, Merluza. O cara vai usar um rifle com mira de precisão.
—Como pode saber disso?

—Deixou o 32 em casa. Provavelmente acha que não conseguiria se aproximar o suficiente da Secretária. Procure por ele numa posição em que possa dar um tiro sem ser visto.
—Rifle. Ok.
—Acelera, Merluza.
—Estamos lá em cinco minutos. Câmbio.
—Eu estou longe. Devo levar uns vinte minutos. Conto com você, Merluza. Câmbio. Desligo.

Felizmente era um domingo preguiçoso. Não havia ninguém nas ruas, o que nos permitiu avançar rapidamente. Perto do Estadual lembrei das palavras de Cavalim e desliguei a sirene. Subimos sobre a calçada em frente ao portão principal do Colégio Estadual na Rua João Gualberto. Uma barreira impedia o acesso para os automóveis. O colégio estava enfeitado com bandeirinhas nas cores verde e branco do Estado do Paraná. Estudantes espalhavam-se por todos os cantos, alguns acorrendo à cerimônia, outros conversando em grupinhos. Não vi ninguém da imprensa, o que era sinal claro de que os políticos já haviam iniciado seus ofícios. Ouvi os últimos acordes do hino nacional, aqueles únicos versos que o povo canta alto em uníssono: *gentil, pátria amada Brasil!* Então soou a voz do mestre de cerimônias em algum lugar atrás do prédio principal. Corremos, Charuto e eu. Senti uma sensação esquisita, como se, apesar da velocidade em que corria, estivesse em câmera lenta. Temia ouvir disparos a qualquer instante. Temia chegar tarde demais.

Sabia que a cerimônia seria no pátio central, pois vira o trabalho dos operários dois dias antes na construção de um palanque. Dirigimo-nos para lá o mais rápido possível, parando momentaneamente atônitos diante da multidão que se concentrava no local. O tablado estava cercado por estudantes, autoridades, professores, pais, imprensa, curiosos, enfim, em número muito maior do que eu esperava. A banda da Polícia Militar postava-se nos fundos do cenário principal, logo atrás da estrutura onde estavam aboletadas as autoridades. Como costuma acontecer nessas ocasiões, havia pessoas em demasia sobre o tablado. Acotovelavam-se políticos, seguranças e papagaios de pirata. Distingui o vulto alto do Governador próximo ao mestre de cerimônias, que permanecia à frente com o microfone nas mãos.

—Vamos saudar agora uma pessoa que tem grande parcela no trabalho de recuperação do nosso querido Colégio Estadual. Alguém que tem conduzido a Secretaria da Educação com firmeza no rumo do desenvolvimento. Alguém que tornou este momento possível. Peço uma salva de palmas para a Secretária Sandra Pires!

Tínhamos de agir. Em meio à ovação estridente dos estudantes e às palmas que se seguiram, precisei gritar para que Charuto me entendesse:

—Conhece bem a Secretária?

—Claro, homem.

—Segue ao palanque pelos fundos. Vai ser mais fácil chegar lá passando pela banda. Apresente-se e tire ela de lá.

Ele quase saía quando o puxei.

—Charuto! Proteja a mulher daquele lado – apontei para o pavilhão lateral com as salas de aula do segundo e terceiro andar dispostas lateralmente ao tablado. – Outra coisa: o chefe da Segurança do Governador é o Borges, lembra?

—Lembro. Gente fina.

—Se encontrar ele lá em cima pede ajuda. Vai!

Dali em diante agi automaticamente, movido por pura intuição. Desapeguei-me de outras preocupações dizendo a mim mesmo que Charuto cumpriria rapidamente sua missão. A verdade é... oh! Vaidade... mãe de todos pecados! Eu queria pegar o assassino. Queria conversar de perto com o maldito *pescador de pérolas*. Levava a vantagem de conhecer bem o Estadual. Tinha estudado ali quatro anos e aprontado algumas estripulias. Sabia, igualmente, que o assassino tinha o mesmo conhecimento. O desgraçado sempre agira com revólver, atirando à queima-roupa.

    Cavalim dizia que agora seria diferente. O alvo não era mais uma criança que o conhecia, que confiava nele, que o seguiria sorrindo ao inferno ou à morte. Era uma autoridade de primeiro escalão, cercada por muitas pessoas e seguranças à paisana. Desta vez, o cara usaria um rifle de longo alcance com mira de precisão. O homem tinha planejado todos seus passos. Levando em consideração o posicionamento das autoridades, o local ideal para desfechar um tiro na Secretária seria a galeria de salas de aula no segundo ou terceiro andar do pavilhão lateral. Em meio à confusão geral que se seguiria ao disparo, provavelmente contasse em sair calmamente dali.

    Subi as escadas de dois em dois degraus. O corredor do segundo andar estava deserto. As portas das salas de aula estavam encostadas. Segui de sala em sala, abrindo cautelosamente as portas, meu revólver desengatilhado nas mãos que suavam. O cabo molhado, algo escorregadio, fazia-me temer pelo pior. Nada. A penúltima sala, porém, estava com a porta aberta. Tomei fôlego e virei-me com a arma apontada. Dois garotos que estavam pendurados na janela viraram-se, mirando-me olhos arregalados.

—Vocês viram alguém aqui em cima? – perguntei perturbado.

Apenas menearam a cabeça, assustados. Segui adiante. O ritual repetiu-se no terceiro andar, com o mesmo resultado frustrante. Dispunha-me a desistir quando lembrei que havia uma porta, sempre fechada, que franqueava acesso ao último lance de escadas, conduzindo a uma sala onde ficava a banda da escola. Das janelas desta sala pode-se subir no telhado com facilidade. O perigo que o telhado representa para as crianças faz com que somente o zelador disponha das chaves. Corri para lá e parei ofegante em frente à porta. Respirei fundo alguns instantes. Precisava dominar meu corpo se pretendia agir direito. Então testei a maçaneta. Para meu terror, a porta abriu-se. A respiração tornou-se novamente ofegante. Não podia mais contê-la. Avancei pela escada estreita até a porta da sala da banda. Também estava aberta. Espreitei pela fresta que abri. Novamente não vi ninguém, mas com extrema apreensão percebi que uma janela estava aberta. Tomei coragem. Abaixado arrastei-me até a janela e cuidadosamente espiei. Então o vi.

Tão concentrado estava no seu mister de matar que sequer percebeu minha intromissão. O telhado era coberto por telhas de amianto. Como proteção, todo perímetro do telhado era cercado por uma mureta de pouco menos de um metro. Ajoelhado junto à mureta, cerca de dez metros de mim, o assassino fazia mira em seu rifle. Hoje nem faço idéia de quantos segundos passei ali ao lado da porta a espreitá-lo. Não fazia idéia então, de qualquer maneira.

 Fato é que o observei longamente, o que somente confesso nestes escritos. O papel, como a velhice, aceita e perdoa todos os defeitos. Contar isso na época seria reconhecer que agi sem prontidão, irresponsavelmente. Os segundos que perdi contemplando-o poderiam significar o disparo que mataria

Sandra Pires. Não sei porque demorei em agir. Talvez uma hesitação causada pelo medo; talvez o fascínio de finalmente defrontar-me com o assassino; certamente a raiva que crescia dentro de mim ao lembrar do rosto de Válter Vendrúsculo sorrindo na foto 3x4, dos cadáveres das meninas. Provavelmente um pouco de tudo isso. Mas garanto: nem pensei na segurança da Secretária. Estava me lixando para ela. Sandra Pires estava por conta do Charuto.

O *pescador de pérolas* trajava calça jeans e o jaleco dos professores do colégio Estadual. Absolutamente alheio à minha presença, permanecia com o olho na mira e o dedo no gatilho. Uma voz conhecida, que soava desagradável para mim, tirou-me do transe. Reconheci a voz da Secretária Sandra Pires em meio ao seu discurso.

—Educar é preparar para o futuro.

O alarme soou em meu cérebro. Por alguma razão Charuto não chegara até ela. O assassino poderia matá-la a qualquer segundo. Ergui-me, apoiei firmemente o braço na janela, fiz mira com meu revólver:

—Solte a arma! – gritei. – Nem um movimento ou prego chumbo!

Então aconteceu algo realmente extraordinário. O homem não moveu um músculo. Permaneceu imóvel, na mesma postura, como se não me tivesse ouvido.

—Largue a arma! – berrei ainda mais alto.

Arlindo Boaventura deveria ter um autocontrole incrível, porque sequer desviou a vista da mira. Por mais alguns segundos ele permaneceu imóvel. Aquela atitude singular deixou-me sem saber como agir. Tinha vontade de queimar o miserável e acabar logo com aquilo. Escrupuloso jamais foi um adjetivo adequado à minha pessoa, mas por certo não costumava atirar em bandidos sem motivo. Quedamos momentos incertos naquele mudo impasse. Cheguei mesmo a cogitar se o assassino não seria surdo. Foi então que ele tomou a iniciativa e disparou em direção ao tablado das autoridades. Imediatamente disparei dois tiros atingindo-o na cabeça e tronco.

    Saltei a janela, tomando fôlego enquanto aproximava-me do homem, ainda apontando o revólver. Ele não poderia estar vivo, mas a tensão dos últimos minutos ainda me punha cautelas. Ao chegar perto dele percebi que o estrago no crânio era fatal. A história do *pescador de pérolas* tinha encontrado seu triste fim ali naquele telhado. Olhei por cima da mureta e visualizei uma paisagem da mais absoluta confusão. O pátio era uma rumorosa explosão de pessoas cujo epicentro era o tablado. Ali já não restava ninguém, exceto um corpo caído. Pude ver sangue na madeira do piso e com o coração apertado percebi que se tratava de Charuto. Com alívio percebi que se mexia. Não estava morto. À direita do palanque algumas pessoas apontavam para mim. Dois homens retornaram ao tablado e passaram a atender o meu companheiro.

    Tranqüilizado, voltei-me para o assassino. Aquele era nosso homem? Não via nada de extraordinário nele. Onde o sangue não cobrira os traços do seu rosto revelava-se uma fisionomia absolutamente comum. Seu porte mostrava um físico pobre, estatura regular e até mesmo uma relaxada barriga de décimo ano de casamento.

    —Mãos para cima!

    —Olhei para a janela, agora estranhamente sereno. Dois homens de terno e gravata apontavam armas para mim.

    —Sossega, Borges. Sou eu, Merluza. O assassino já era.

Os homens aproximaram-se. Borges cumprimentou-me. Então ocorreu-me verificar alguma coisa. Um pensamento malicioso varou minha mente. Devo ter sorrido enquanto puxava o braço direito do homem morto. Arregacei a manga do jaleco. O homem usava camisa de mangas compridas. Pacientemente soltei o botão e comecei a dobrar a manga para revelar o braço.

—Que está fazendo? – perguntou Borges.

—Só verificando se Cavalim é tão bom quanto pensa.

Examinei o braço. Quatro dedos acima do punho lá estava. Um arranhão ainda mal cicatrizado, herança do desespero da segunda vítima. Ao mestre com carinho: uma pequena lembrança de sua aluna Cláudia Aguiar.

Cavalim finalmente chegou e mostrou-se no telhado. Olhou para mim com um sorriso triunfal nos lábios. Abraçou-me:

—Eu não lhe disse?

—Tudo bem, chefia. O arranhão está lá. Você é mesmo o maior.

—Claro que o arranhão está lá. Não é disso que estou falando.

—Não? Do que, então?

—De você, meu amigo. Eu disse que reconheço o valor cintilando na alma das pessoas. Mesmo que o brilho seja um vaga-lume enterrado nas minas de Criciúma.

Duas horas depois, Cavalim concedia uma coletiva à imprensa na sede da Polícia Civil. Eu estava exausto, mas não perderia aquilo por nada. Era algo como subir no pódio, receber a medalha. Cavalim ocupava uma cadeira atrás da mesa onde a bandeira da Civil fazia as vezes de toalha. Ele estava à direita de um Secretário da Segurança radiante. Farias estava à esquerda. A aparência de Cavalim não era melhor que a minha. Parecia à beira de um colapso. Ainda assim sua mente funcionava perfeitamente. Respondia com precisão e energia ao bombardeio de perguntas, sorrindo aos diversos repórteres que se alternavam numa coletiva não totalmente organizada.

—Foi preciso que morressem três crianças?

—Foi lamentável que morressem três crianças. Mas as investigações começaram apenas na segunda-feira, com a morte de Marisa Castelo de Oliveira. Trabalhamos com a máxima celeridade para resolver o caso em seis dias.

—Como souberam que o próximo passo do assassino seria matar a Secretária Sandra Pires?

—A partir das investigações realizadas em sua casa, neste princípio de manhã.

—Então a Secretária escapou por pouco?

—Por muito pouco. Felizmente contamos com o trabalho e agilidade do investigador Pedro Merluza, que deteve o assassino, e do detetive Laudelino Alcides da Silva, que quase deu sua vida para salvar a Secretária.

—Como está passando o detetive Laudelino?

—Passa bem. Está totalmente fora de perigo – interveio o Secretário sorrindo.

—Secretário, por que acha que o alvo do assassino era a Secretária da Educação?

—O Secretário hesitou um pouco. Obviamente pesava as repercussões políticas de cada palavra sua.

—Ele era um professor, mas um desequilibrado. A pessoa da Secretária representava o comando que seu desequilíbrio não podia aceitar.

—Esta é sua opinião, delegado? O homem era mesmo um louco?

—De certo modo, todos nós somos um pouco. Mas assassinos seriais equilibram-se entre a estabilidade e o abismo. Para desvendar as razões de sua queda no abismo seria preciso o trabalho de um psiquiatra.

—Sendo ele professor, o escândalo da merenda escolar não seria suficiente para lançá-lo nesse abismo da loucura?

—Para desvendar as razões seria preciso o trabalho de um psiquiatra – repetiu.

– Qual seu juízo pessoal sobre o trabalho da Secretária, delegado?

—Não faço juízo sobre isso. Lamento profundamente a morte das três crianças. Infelizmente não pudemos salvá-las. Com a Secretária foi diferente.

Deixei escapar uma imprecação. Sem dúvida era uma boa deixa para desancar a miserável. Ela bem merecia. Mas Cavalim sempre me surpreendia. Ao contrário de mim, sabia escolher o momento apropriado para todas as coisas. Estava ciente de que o caso trazia elementos muito intrigantes, que seriam um atrativo invencível para os jornalistas. Queriam saber tudo sobre o assassino, sobre os envelopes, as fotos e as músicas. Cavalim passou a explicar o significado das músicas com um sorriso nos lábios.

—E, para a Secretária, o assassino também destinou uma música? – Indagou alguém.

—Por certo.

—E qual foi?

Cavalim depositou lenta e teatralmente seu gravador sobre a mesa. Fez-se um silêncio sepulcral. Ele apresentou uma fita cassete aos olhos esgazeados dos jornalistas, retendo-a nos dedos por alguns momentos. Inseriu a fita no aparelho e acionou a reprodução. Todos prestaram atenção à música que se ouviu por poucos segundos.

—É esta. A música que o professor Arlindo escolheu para a Secretária.
—Como se chama? De quem é? Qual o nome da música? – A curiosidade dos jornalistas era tão concreta que se poderia tocá-la. Afinal jornalistas da área policial não entendem nada de música clássica.
—É de Beethoven. *A patética*.
—*A patética*? *A patética*! – alguns perguntavam, outros gritavam, muitos riam. Mas todos anotaram o nome.

Sorri para mim mesmo. Era perfeito. Cavalim servia-se do assassino para ferir de morte a Secretária. Quando ficou evidente que não havia mais questionamentos, antes que a entrevista se encerrasse, Cavalim fez questão de intervir:

—Gostaria de destacar o trabalho de retaguarda do delegado Farias, valiosíssimo em todos os sentidos. E assegurar que, em todos os momentos desta investigação, a coordenação dos trabalhos coube diretamente ao Secretário da Segurança.

A entrevista se encerrara. Cavalim ainda permaneceu esclarecendo questionamentos em separado, abraçando o Secretário para algumas fotos, cumprimentando o Farias. Finalmente chegou-se a mim:

—Bem, Merluza, parece que agora você pode dormir.
—Nós podemos, chefia.
—Comigo é diferente, você sabe. O corpo já está cobrando juros. Sinto que a enxaqueca está prestes a me matar.

Segunda-feira

Ele mesmo exorciza os seus fantasmas

Naquela noite, dormi como um menino que, após um dia inteiro de brincadeiras, toma um banho e alimenta-se bem. Nem um pensamento mau sequer perturbou meus sonhos. Pelo contrário, passei a noite sonhando com um idílico desfile de antigas namoradas. Estava dispensado do serviço, de modo que acordei somente por volta da uma da tarde. Em meio ao estupor do despertar, tudo me pareceu muito normal. O sol que entrava pela janela era tão generoso, que cheguei a achar que o *pescador de pérolas* poderia não ter existido neste mundo bom. No criado-mudo, ao lado da cama, havia um papel em que eu rabiscara na noite anterior:

Charuto – Hospital Nossa Senhora das Graças – Ap. 204

O papel trouxe-me de volta à realidade. Charuto estava ferido e iria visitá-lo naquele momento. Engoli dois francesinhos amanhecidos misturados a um café requentado e despachei-me para o Mercês.
 Normalmente Charuto não poderia gozar do conforto de um apartamento, privacidade e companhia da esposa em tempo integral. O salário de detetive não dava para isso e ele era cabeçudo o suficiente para não ter qualquer tipo de seguro-saúde. Estaria certamente na enfermaria. As condições eram especiais, entretanto. A Secretaria estava pagando

tudo. Charuto era um herói, uma referência para os policiais.

—Está se achando o máximo, hein – brinquei com ele após um cumprimento polido à sua esposa.

—Faço o que posso – respondeu.

Dona Laurinda não deixou por menos. Era uma mulher rechonchuda, cuja aparência envelhecida escondia sua juventude. Eu sabia que tinha por volta dos trinta anos. De juvenil mesmo só o sorriso com que me alcançou os jornais do dia:

—É ou não é um herói o meu Laudelino?

Na Gazeta do Povo, foi a manchete principal. No Estado do Paraná, igualmente, adicionando a foto do Charuto em primeira página.

—De quando é esta foto? Do ginásio em Pitanga? – debochei.

A Tribuna preferiu destacar na primeira página a foto do cadáver do professor Arlindo. Charuto percebeu que eu observava detidamente aquela cena terrível. A visão do professor morto me acompanharia por toda vida, aquelas imagens raras e indeléveis que o cérebro jamais consegue varrer. Naquele momento, por segundos, transportou-me à tensão vivida no terraço.

—Você arregaçou o cara.

—É – limitei-me a responder.

Ambos permitiram que me detivesse na leitura das notícias. As coberturas policiais de todos os diários dedicavam-se exclusivamente ao caso. Relembravam a morte das crianças, fantasiavam em torno das músicas e do procedimento do *pescador de pérolas*. Estabeleciam conexões com a Secretária Sandra Pires, algumas coerentes, outras não. Em todos os jornais, como se houvesse um obscuro acordo na imprensa local, a legenda sob a foto da Secretária era lacônica: *A patética.* A Tribuna chegou a estampar uma galeria de heróis da investigação onde havia fotos de Cavalim, Farias, Charuto e, para minha surpresa e rubor, uma foto que tiraram de mim na coletiva à imprensa sem que eu percebesse. Os créditos maiores eram para Cavalim, naturalmente, mas sua política diplomática de dividir os louros granjeou elogios ao Secretário de Segurança (*firme comando por trás dos panos*) e ao Farias. Cavalim sabia o que fazia.

—Somos famosos – disse Charuto.

—Por alguns dias – devolvi.—Então, quando está pronto para outra?

—A bala partiu a clavícula dele – interveio D. Laurinda – perdeu muito sangue, né, bem?

—São dois dias de molho. Já recebi sangue e soro.

—Imagino que lhe darão um mês de licença.

—Não seria nada mau.

—Mas talvez, sujeito ruim, você devesse receber é umas pancadas – disse em tom de brincadeira. – Que raio aconteceu para você demorar tanto? Quando, no alto do telhado, ouvi a Secretária discursando, quase tive um treco.

—Bom – pareceu encabulado. – A verdade é que a segurança não me deixava subir.

—Por que não apresentou suas credenciais?

—Tinha esquecido na DP.

—Jesus! Pelo seu esquecimento quase que a mulher morre!

—Mas pela valentia dele é que ela foi salva – interveio D. Laurinda chateada.

—Eu sei, D. Laurinda – emendei apaziguador. – Eu sei. Só tô brincando... – Voltei-me ao Charuto novamente. – E como você deu jeito?

—Mandei chamar o Borges. Até catarem ele no tablado demorou um pouco.

—Santo Borges. Viu como valem as boas relações?

Troquei uma hora de prosa em que recordamos algumas proezas antigas. A verdade é que, antes de Cavalim, nossas façanhas não eram de envaidecer ninguém. Não ocupariam as manchetes de jornal senão em forma de denúncia.

—Devemos tudo ao delegado – concluí.

—É mesmo. O bicho é foda.

—Laudelino! – ralhou a esposa.

—Ops. Escapou, mas o bicho é.

—Sabe o que ele me disse certa vez a seu respeito?

—Não – sentou-se na cama com o auxílio do braço bom. Estava interessado. – O que foi?

—Que eu iria descobrir o seu valor com o tempo.

Charuto rasgou um sorriso de orelha a orelha:

—O bicho é foda.

—Laudelino!

Depois de Charuto, fui visitar Cavalim. Sempre cruzei com alegria o pequeno jardim que conduzia à casinha de tijolos à vista. Naquela ocasião sentia-me especialmente feliz, com uma agradável sensação de missão cumprida. Esther atendeu a porta:

—Pedro, como vai? Entre.

—Como vai, Esther?

—Bem melhor agora, que o caso terminou. A você posso confessar que estive preocupada.

—Ué, ao chefe não?

—Imagina... – fez um tom confidencial. – Seria duvidar dos seus dons investigatórios. O fato é que estou muito mais tranqüila desde que ele começou a trabalhar com você.

Penso ter ruborizado claramente, pois Esther completou:

—Não estou exagerando. Para mim você é um irmão querido e para o Zé você é um anjo da guarda.

—Menos, Esther... E como anda o chefe?

—Horrivelmente mal. Você sabe, exige demais do corpo e depois paga com juros. Já vomitou seis vezes. Bílis, claro, não tem mais nada no estômago há horas.

—Será que posso vê-lo nesse estado?

—Tenho certeza de que ele gostaria de ver você – ela conduziu-me até o seu quarto. – Só não acenda a luz.

Abriu a porta e a luz que se despejou vinda do corredor projetou-se sobre a cama onde Cavalim estava deitado. Ele lançou as mãos ao rosto para proteger-se da claridade como um vampiro que teme os efeitos do sol. Gemeu levemente. Ao lado da cama havia um balde que Esther procurava manter limpo. Ainda assim o quarto tinha cheiro de doença.

—Zé, o Pedro está aqui.

—Talvez seja melhor eu ir embora.

—Nem pensar, Merluza – disse Cavalim em voz baixa. – Vamos conversar um pouco. Assim me distraio dessa maldita enxaqueca.

Sentei ao seu lado na cama. Ele procurou sentar-se igualmente, mas percebi que o movimento o deixava tonto. Curvou-se em direção ao balde, teve um ou dois espasmos, mas controlou-se.

—Ainda bem. Dessa vez não – disse. – Cada vez que vomito a cabeça parece querer explodir. Também, não é para menos, meu estômago se torce como se fosse uma toalha nas mãos de uma lavadeira cheia de energia. E o diabo é que não tenho mais nada para vomitar. Vomito só barulho.

—Eu disse que esse negócio de não dormir e não comer tem um preço.
—É. Mas valeu a pena, não foi?
—Se valeu.
—Agora, meu amigo, gostaria de ouvir exatamente, passo a passo, tudo que você fez a partir do instante em que chegou no Estadual.

Atendi ao seu pedido com prazer, procurando não esquecer nenhum detalhe. Minha narrativa aparentemente lhe fazia bem. Quando terminei, ele permaneceu refletindo de olhos fechados por vários minutos. Considerei se não teria adormecido. Então ele abriu os olhos e disse casualmente:

—Não adormeci, Merluza. Nem consigo, nesse estado.
—Chefia, você parece que tem parte com o diabo.
—A propósito, apesar da enxaqueca, liguei para o Charuto. Quis agradecer pelo trabalho. Você ficará feliz em saber que ele está bem.
—Eu sei. Acabei de vir de lá. Está bom o suficiente para ficar babando nas manchetes de jornal.
—Deixa o pobre – Cavalim conseguiu um sorriso cansado. – Ele bem merece. Achei incrível a maneira como ele protegeu a Secretária a tempo. Mas ele me explicou que você sabia de que lado vinha o perigo e o tinha orientado. Como sabia?
—Não sabia. Mas você disse que o cara ia usar um rifle com mira de precisão. Bem, eu estudei no Estadual. Conheço tudo aquilo. Tive uma intuição.
—Intuição? Isso é qualidade feminina. Você teve uma dedução lógica a partir dos conhecimentos que tinha.
—Ou isso.
—Você está ficando bom, Merluza.

—Pois é. Mas a você preciso confessar algo que está incomodando.

—Então não contou tudo, não é mesmo? Fale sem medo.

—Quando subi no telhado – disse com certa dificuldade – pude me posicionar sem que o assassino me percebesse. O tal professor Arlindo só se preocupava em fazer mira naquela cadela da...

—Que tem, Merluza? – Cavalim sorriu segurando a cabeça. —Ela é mesmo uma cadela.

—Pois é. O cara estava concentrado em mirar na Secretária. Eu já estava bem posicionado. Poderia ter agido com rapidez. Mas a verdade é que perdi muito tempo só contemplando o maldito.

—E está se culpando por causa disso?

—Sim. Minha demora poderia ter causado a morte da Secretária.

—Merluza – ele sorriu novamente. – Não percebe que a sua demora em agir a salvou?

—Como assim? – Cavalim vivia deixando-me confuso.

—Ora, sob o ponto de vista do nosso treinamento, você agiu mal. Muito mal. Foi hesitante. Isso é compreensível em face do fascínio que tínhamos pela figura do *pescador de pérolas*. Afinal, passamos quase uma semana lutando contra ele. Mas você não agiu prontamente e isso é mau. Contudo, paradoxalmente, foi isso que salvou Sandra Pires.

—Explica, chefia.

—Você não disse que a Secretária estava discursando quando você subiu no telhado?

—Sim.

—Portanto, Charuto não conseguiu ser tão rápido quanto necessário. Isso significa que o *pescador de pérolas* já a tinha sob a mira do seu rifle quando você apareceu. Foi a sua hesitação que deu tempo ao Charuto para vencer os obstáculos que o retinham e proteger a Secretária com o próprio corpo.

—Tem razão – eu estava ainda mais impressionado. – Que sorte tem essa infeliz.

—A sorte favorece mesmo quem não merece.

—E por que ele não atirou logo?

—Aquele era seu grande momento. A concretização do seu objetivo. Ele estava saboreando a sensação de poder que há em ter uma vida nas mãos. Saboreando cada momento que antecedia puxar o gatilho. Talvez estivesse murmurando baixinho para si mesmo: *Isso é para você, sua vagabunda. Isso é o preço pela sua incompetência, pela sua corrupção. Isso é em homenagem às pérolas.*

—E quando eu mandei ele largar a arma? O cara permaneceu um tempão na mesma posição. Aí já não podia estar saboreando nada.

—Esse fato incrível mostra o quanto era extraordinário o homem que enfrentamos. Naquele instante em que você julgou que ele fosse surdo, o professor Arlindo estava tomando a mais difícil decisão de sua vida. Em poucos segundos ficou claro para ele que não poderia completar a sua missão e sair vivo, como tinha inicialmente planejado. Algo havia saído errado. Tinha que decidir entre matar a secretária e morrer, ou poupá-la e ser preso. Preferiu a primeira opção. Talvez tenha morrido feliz.

—Por quê?

—Não tenho certeza se ele chegou a perceber que Charuto interpôs-se diante da Secretária bem a tempo de salvá-la.

—Provavelmente não. Estourei a cabeça dele quase que simultaneamente.

—Aí o seu treinamento mostrou-se eficiente.

—Quer dizer que o cara teve o sangue frio de tomar a decisão naquele instante?
—Sem dúvida.
—Graças a Deus, ele já está no inferno – suspirei.
—Ou não – disse Cavalim enigmaticamente. – Mas meu estado atual não é para filosofias.

Subitamente ele inclinou-se em direção ao balde. Tentava vomitar inutilmente, pois sequer conseguia colocar bílis para fora. Os ruídos que fazia me levaram a pensar se não vomitaria o próprio estômago. Quando o acesso parou, ele recostou-se na cama. Estava pálido e suava frio.

—Ai, minha cabeça. Acho que o professor Arlindo não sofreu tanto.
—Você... – disse rindo. – Mas há algumas coisas que ainda não fazem sentido.
—Oh, Merluza andou pensando.
—Não sacaneia, chefia.
—Está bem. Pergunte. Tudo faz sentido, exceto o que é figuração.

Levantei-me e dei-lhe as costas. Tinha refletido rapidamente sobre o caso naquela tarde e ainda precisava de algumas respostas. Extrairia tudo de Cavalim enquanto ele conseguisse falar.

—Bem, vamos lá. Como o professor Arlindo esperava escapar do Estadual, em meio à confusão, com um rifle nas mãos? É impossível que não tenha pensado nisso.
—Ele pensou em tudo, Merluza. Vestia o jaleco do colégio com a clara intenção de retirar-se sem ser incomodado pela polícia. É difícil identificar a procedência de um tiro numa situação dessas. O professor contava que teria alguns minutos para ocultar a arma e evadir-se tranqüilamente. Não contava era com a sua presença.

—Por certo não. E onde esconderia o rifle?
—Na caixa d'água sob o telhado. Investigando, percebi que uma das telhas de amianto estava com os pregos soltos em baixo. Bastava deslocá-la para ter acesso à caixa d'água. Tinha deixado a tampa aberta para não perder tempo. Se a polícia encontrasse o rifle, acreditava que a água eliminaria as digitais. Se não encontrasse, ele resgataria o rifle semanas depois. Também por isso escolheu o telhado.
—Desgraçado. Nem havia pensado nisso. Outra coisa: por que nosso homem matava, afinal?
—É como disse na coletiva. Isso jamais saberemos. Podemos fazer suposições, no entanto.
—E o que você supõe?
—É difícil dizer. Talvez tenha a ver com uma certa Bia.
—E quem é essa?
—Um relacionamento amoroso. Uma bela mulher que conheci na casa do professor Arlindo. Num retrato, Merluza. Talvez essa linda mulher fosse sofisticada demais para viver com um simples professor da rede estadual.
—Deu um chute na bunda dele porque o cara era durango?
—Quem sabe? Acho que Lia Schiller vai querer conversar com essa Bia para complementar seus estudos. De qualquer modo, faria sentido. Um homem pode ser feliz ganhando pequeno salário enquanto for sozinho e idealista. Quando o pequeno salário o leva a perder a mulher que ama a coisa muda de figura. Isso tudo pode canalizar sua raiva contra o sistema, sua falta de recursos, o quase desprezo do Governo para o ensino público.
—Nesse caso, o escândalo da merenda deve ter deixado o professor revoltado.

—Bravo, Merluza. Daí o alvo final ser Sandra Pires. É só suposição, mas faz sentido. Afinal, professores ganham mal e Secretários fazem maracutaia?

—Tem razão, chefia – concordei.

—Acabaram? – indagou ele.

—Acabaram o quê?

—Suas dúvidas.

—Ah, sim.

—Pense bem, Merluza – apesar da voz fraca, havia uma entonação maliciosa em sua voz. – Tem algo mais que não faz sentido.

—Para mim está tudo claro.

—Você acha? E que me diz do tema da Secretária?

—*A patética?* Ora, parece adequado. A mulher está pagando caro na imprensa pela brincadeira do professor Arlindo.

—Essa brincadeira vai tirá-la do cargo, você vai ver. Mas, reflita. Já havíamos determinado que as músicas indicavam o estado de espírito do assassino. Portanto, *A patética* foge ao padrão porque se refere à vítima. Não achou estranho?

—Tem razão – disse espantado. Só agora me dava conta disso. – Então o professor não guardou o padrão até o fim.

—Aí é que está. Isso – enfatizou a palavra – não faz sentido, não é mesmo? Os seriais são extremamente metódicos. Nada altera o seu comportamento.

Fiquei calado alguns segundos. Tentava entender o que havia de errado, mas não chegava à conclusão alguma. O sorriso malicioso de Cavalim, debochando do meu fracasso em decifrar a charada, não ajudava em nada.

—Desisto. Não tem explicação.

—Tem, Merluza. Como disse, tudo faz sentido, exceto o que é figuração.
—O que quer dizer?
Cavalim iniciou uma gargalhada que interrompeu subitamente com um gemido. Levou novamente as mãos à cabeça:
—Ai, diabo, não ria, Zé Luiz, que a cabeça explode.
Ele virou-se lentamente para o criado-mudo ao lado da cama. Abriu a gaveta e retirou uma fita cassete. Entregou-a a mim.
—Que é isso? – perguntei.
—A última fita. A que estava na escrivaninha do professor Arlindo.
—Isso não deveria estar na DP com as demais provas?
—Todas as fitas estão lá. Inclusive a que tem a gravação de *A patética*.
—Mas, que raio está dizendo – subitamente suspeitei das razões do sorriso malicioso. – Não, não vá dizer que você...
—Sim, Merluza. Forjei a última fita. *A patética* foi um generoso presente que dei à Secretária.
—Jesus! – disse em meio a gargalhadas. Cavalim queria rir, mas não podia. Apenas mostrava os dentes num sorriso doloroso. – Chefia, você é doido. Um demônio!
—Você não acha que Sandra Pires merecia?
—Sem dúvida. Tem minha total aprovação – continuei rindo, não conseguia controlar-me. – A foto dela, em todos jornais, com a legenda: *A patética* é genial.
—A isso chamo justiça pelas próprias mãos. É bem verdade que o termo *patética* foi usado por Beethoven com sentido absolutamente diverso. Referia-se ao estado de confusão que a paixão amorosa en-

volve, não havia conotação alguma de estupidez. Mas quem liga uma coisa a outra? A imprensa lê o que quer.

—E o que havia na fita verdadeira?

—O de sempre. Um trecho de *O pescador de pérolas* e um curto trecho de outra música clássica.

—E no caso era?

—Bem sugestivo. Escolheu um tema de Mozart: *A vingança dos infernos ferve em meu coração.*

—Cristo, o cara odiava Sandra Pires.

—Não posso culpá-lo por isso.

Olhei para ele demoradamente. Sua aparência era de absoluta ruína física. Tudo em seu corpo tinha uma aparência de derrota, acentuada pelo desagradável cheiro do quarto. Mas, mesmo que a penumbra do quarto não permitisse comprovar, sabia que em seus olhos havia um saudável brilho de vitória. A saúde só abandona os olhos de um homem morto.

—Bem, eu vou indo. Como você disse, não está para filosofias. Melhoras, chefia.

Antes que eu fechasse a porta, Cavalim ainda me chamou:

—Merluza?

—Que é.

—Sem você, todo meu trabalho seria em vão.

Sorri para ele. Cavalim não percebeu. Estava novamente debruçado sobre o balde. Um ruído horrível atingiu meus ouvidos vindo do quarto. Despedindo-me de Esther, disse que me sentia bem melhor depois de ter conversado com Cavalim. Havia exorcizado a culpa que ameaçava crescer dentro de mim.

—A enxaqueca está pior desta vez porque também ele está exorcizando sua culpa.

—Quê? O chefe foi perfeito.

—Ele não pensa assim. Jamais diga isso a ninguém, pois ele não me perdoaria. Conto apenas para você, Pedro, porque tenho absoluta confiança. Ontem à noite ele passou uma hora chorando em meus braços em meio à pior crise.
—Mas por quê?
—Ele acha que poderia ter salvado Válter Vendrúsculo se tivesse sido mais rápido. Ficou repetindo o tempo todo que *poderia ter salvado a terceira pérola...*
—Meu Deus.
—Tarde da noite conseguiu dormir um pouco. Mas até adormecer ficou se supliciando: *Se não tivesse demorado tanto na churrascaria, se não tivesse perdido tanto tempo na busca dos arquivos.*
—Vou falar com ele.
—Não, Pedro – ela segurou delicadamente meu braço e deu-me um beijo de despedida. – Com o tempo vai aprender o que eu já sei. Os fantasmas dele, ele mesmo exorciza.

🐚

Hoje em dia, meu principal passatempo é narrar essas histórias. Sinto-me rejuvenescendo nas linhas que escrevo. Algo como se estivesse novamente vivendo meus dias de delegacia, meus melhores anos, convivendo com Cavalim e os demais companheiros. Chego mesmo a ouvir sua gostosa risada em três tempos. Quando me sinto cansado das memórias, atinge-me a dura realidade de ser velho e só. Saio então a passear pelas ruas de meu bairro, o passeio despercebido dos velhinhos em seus passos miúdos. Tenho tanto tempo que contemplo as florezinhas dos terrenos baldios ou a brincadeira dos pardais nas árvores das praças.

Ontem, em um desses passeios pelo Capanema (perdoem-me: sou daqueles que não se acostuma com o nome de Jardim Botânico), surpreendi a saída do grupo escolar Hildebrando de Araújo. A visão das crianças correndo portão afora, conversando e sorrindo cheias de vida, transportou-me mais uma vez ao fantasma do *pescador de pérolas*. Penso ter procurado entre os pequenos loirinhos a imagem de Válter Vendrúsculo. Como Deus pôde permitir que coisas assim terríveis acontecessem? Jamais terei resposta boa para isso. Afinal, nunca fui filósofo. Não seria agora, septuagenário, que as grandes indagações da existência se revelariam a mim. Penso, entretanto, que tudo está relacionado ao livre arbítrio. O grande dom que Deus nos deu de decidir tudo em nossas vidas. Decidir entre o azul e o amarelo. Abraçar uma profissão. Desistir dela. Escolher a mulher com quem se vai casar. Divorciar- se ou com ela viver até seu último suspiro. Decidir entre a vida e a morte. Entre o bem e o mal. E, infelizmente, há homens que conscientemente optam pelo mal.

Impresso por
Sermograf - Artes Gráficas e Editora Ltda.
Rua São Sebastião, 199 - Petrópolis -RJ
Tel.: (24) 2237-3769.